怪物的孩子

The Boy and The Beast

細田 守

邱鍾仁◎譯

序章

『……你們這些傢伙實在是很會找麻煩，就那麼想知道那小子的事嗎？雖然我們的確對那小子非常清楚沒錯啦，可是啊，就算你們彷彿烤全雞般半張著嘴問我，這種事情我也不能隨隨便便就告訴你們。你們聽好了，那小子對我們來說很特別。他跟其他傢伙不同，完全不能相比。你們這些乳臭未乾的小子突然找上門來，我為什麼就非得把我們跟他之間寶貴的回憶告訴你們不可？回去。快啊，我不是叫你們回去嗎？』

『多多良，別這麼吊人胃口嘛，告訴他們又有什麼關係？那小子不只是對我們，對他們來說同樣很特別啊。如今不管去到多麼鄉下的地方，都聽得到有人說起他的名字。他們不也是為了聽那小子的事蹟，千里迢迢來到這座庵嗎？能把那小子的事情說得最清楚的，不也就只有你跟我了嗎？』

『話是這麼說沒錯。』

『歡迎你們來。別客氣，進來吧。』

『喂！百秋坊。』

『對了，你們喝不喝露茶？』

『啥？』

『喔喔，這樣啊？你們喝嗎？太好了。一二三四五六七八……我說多多良啊，你應該會把那小子的事蹟告訴這些年輕人吧？』

『真的假的？』

『沒什麼好緊張的。這男的叫多多良，雖然講話冷嘲熱諷的，但其實他一直很想找人講那小子的事蹟。這就是這座庵的訪客絡繹不絕的理由。好，露茶泡好了，很燙啊。來，也傳給後頭的人。』

『……喂，你們幾個是打算杵在那裡喝茶嗎？真拿你們沒辦法。』

『呵呵呵。』

『這裡很窄，大家擠著點，圍成一圈坐好。受不了，這可是特別優待，我就告訴你們吧，把耳朵挖乾淨給我仔細聽……還有百秋坊，也給我一杯露茶。』

『那當然。』

*

『很久很久以前，其實也沒那麼久以前啦，就是前不久才發生的事。』

『在這世界上，怪物的城市多得是，可是再也沒有哪座城市比「澀天街」更熱鬧。一條含鐵成分極高的澀色（紅褐色）河川，慢慢削鑿出這座缽狀山谷，如今住在山谷裡的怪物數目約達十萬三千。長年來管理這些怪物的宗師，有一天突然宣告要退休，轉生為神。』

『「八百萬神」這句話說得不假，就如你們這些傢伙所知，這世上有千千萬萬尊神明。神不僅祝福怪物，對天空、大海、雲朵、山丘、動物、植物，和路旁一朵花、一隻蟲子的生死，都同樣給予祝福。還不只這樣，神甚至對那些醜陋的「人類」，也都滿懷慈悲地照看著，可見諸神是多麼了不起。每一尊神，都是由我們怪物轉生去擔任的。說穿了，所謂的怪物，正好位處在這世上萬物和神兩者間正中央的位置。不過，當然不是所有怪物都能當神。看你們這幾個小子的傻樣，就算天塌下來也輪不到你們當神吧？在我們這些怪物當中，只有德行特別高的怪物才能出人頭地，轉生為神。』

『宗師名叫「卯月」，有著純白兔子加上泥鰍長鬍鬚的模樣，是個臉上隨時掛著笑容、個性很溫和的怪物，而且被譽為澀天街創始以來最強的武術高手。這位宗師以自己年歲已高為

由，說要辭職。他說：「我會趁著在想自己要當什麼種類的神時，選出新一任宗師。各位要做好準備。」』

『結果，整個城市鬧得幾乎翻了過來，宗師引退這件事所引發的震撼難以估計。因為寂寞或捨不得而嘆氣的傢伙當然很多，但是，大家都為宗師將要出人頭地變成神而高興。然後怪物們就想到，那麼遲早會空出來的澀天街宗師這個位子，到底會由誰坐上去呢？誰才夠資格繼承這個位子？』

『實力、品格與素行都要是一流的，這就是繼承人的條件。

在怪物社會裡，一直有著怪物乃是「侍奉神的武者」這樣的共識。既然身為「武者」，在武藝方面當然必須要有過人之處，這是自古以來就有的思維。因此，要說我們要求宗師具備什麼能力，最先提到的便是「強大的實力」。不管在哪一座怪物城市裡，都可以看到一定數目的武士佩帶著武器四處走動的光景；但在澀天街，單憑本事高超，不可能贏得大家的尊敬。我們反而更加要求有強韌的精神做為基礎，包含勇氣、領導能力與人望在內的強大實力。接著是「品格」。不必引用宗師當例子，也能明白大家會尋求一種有威儀與威嚴、夠格代表所有澀天街市民的形象。最後是「素行」。不用說也知道，大家都希望繼承者有著足以代表澀天街的穩定性格。在多達十萬個怪物當中，符合以上條件的到底是誰呢？』

『這時大家最先提到的，是一個名叫豬王山的山豬怪。他是個冷靜沉著、勇猛果敢的男子漢，收了一大批徒弟，並且名列元老院議員，還統領武術館「澀天街見迴組」，更是一郎彥與二郎丸這兩個孩子的父親。就條件而言沒得挑剔，大家都說下一任宗師肯定是他。』

『還有另一個怪物也被列為候補，名字叫做熊徹。他的外貌名副其實，全身像熊一樣毛茸茸的，又有著媲美猴子般跑不累的無窮體力，能把引以為傲的大太刀揮舞得虎虎生風。熊徹以武者而言，體格非常完美，大家都說如果只比力氣，他多半凌駕在豬王山之上。』

『可是，這傢伙還真有點麻煩。雖然大家都肯定他的實力，但相對的，他個性粗暴、桀驁不馴、自我中心，一名徒弟都沒有。』

『也更不會有什麼兒子……』

*

『這時候，從怪物世界之外，也就是從「人類」世界來了一個人，便是那小子。』

『你們可曾去過「人類」的世界？應該都沒去過吧？怪物的世界和人類的世界不同，互相隔絕，但其實兩個世界會互相影響。人類世界如今在物質層面的發展已經令人瞠目結舌，但支

撐起這些發展的基礎制度、技術、形式等等的智慧，有很多是由怪物傳給人類的。例如說，人類對於神的各種思想與概念，當然幾乎全都是從我們的歷史或思想傳播過去的。

相反的，在我們的世界裡使用不多，卻在人類世界發展茁壯的案例，也是有的，「文字」就是其中之一。我們世界不是有著尊崇「思想」，輕視、排斥「文字」的習慣嗎？以前的賢人曾說過：「活的智慧，不可能靠文字這種死的東西記載下來。要是換成圖畫那還另當別論。」這句話就體現出這種想法。可是，你們去人類的世界看看，不管到哪裡都是滿滿的文字、文字、文字。整座城市都是文字的奇妙光景，光是看著都令人打寒顫，幾乎讓我懷疑人類是不是想讓自己被文字支配。』

『也就是說，我們和人類居住的世界就是這麼不一樣。所以啊……』

『唔。』

『要講那小子的故事，就得提到很多人類方面的事情，但我們的嘴巴說不出來，實在很不方便。』

『所以呢……』

『接下來，我要借他的嘴來說話。』

『換言之，我們要扮演那小子，從那小子的觀點來述說。』

『啥？你們說我和那小子一點都不像？說那小子才不是長著這麼一張老猴子臉？你這傢伙很吵耶！』

『哈哈哈。我這瘦巴巴的豬鼻子臉，也得請各位將就將就了。不過別擔心，只要在這蠟燭的火光中聽下去，你們就會越看越覺得我們的窮酸樣變成了那小子精悍的臉孔。

好，你們做好心理準備了嗎？

那麼，要開始囉……』

蓮

九歲那年夏天，我孤身一人。

澀谷的夜晚搖曳在重重濕氣中。QFRONT 大樓的巨型螢幕上，毫不間斷地閃爍著耀眼的影像；散播刺耳音樂的大型聯結車，一輛接著一輛駛過。每當燈號變換，就會冒出多得令人嚇一跳的人潮，在行人保護時相路口上來往。每個人都打扮得很時髦，笑聲不絕，腳下鞋子踩得喀啦作響。

我站在路口正中央，穿著拉長到脖子的T恤，因幾天沒洗澡而蓬頭垢面，根本沒好好吃飯的身體也十分瘦削，手上提著便利商店的袋子。

我以尖銳的眼神，瞪著來來往往的人們臉上那種幸福、悠哉、不負責任的表情。

我是個被這個世界排擠出來、無處可去的平凡小鬼頭。

在馬路另一頭，有一對少女被強壯的警察們抓住手臂，正拉往站前的派出所。

「好啦，過來。」

「不要碰我。」

「妳們是離家出走的吧？」

「不是。」

「說謊也沒用，看就知道了。」

我為了避免被這些警察發現而悄悄混進人群裡，搶在號誌變成紅燈前就過了馬路，穿過中央街的拱門。大街上設置了多架半球形的監視攝影機俯瞰著市街，不放過任何一名可疑人物。我一一反瞪這些攝影機，消失在攝影機拍不到的死角當中。

從熱鬧的大街轉進小巷子裡，人潮就立刻中斷。自動販賣機冰冷的燈光照亮的巷子、布滿塗鴉的倉庫、大樓的管線、空調室外機、雜亂堆放的紙箱、放滿菸蒂的直立式菸灰缸——大街上攬客的店員用來喘口氣的地方，這時正好一個人都沒有，看來他們忙得甚至沒空喘口氣。

我背靠著倉庫坐下來，從購物袋裡拿出土司，撕下來丟進嘴裡。開封後已經過了幾天的麵包乾巴巴的，咬下去還會發出喀哩聲響。現在我的食物就只有這個。放在短褲口袋裡的幾張萬圓鈔和零錢，便是我所有的財產。我邊在腦子裡默數剩餘的金額，邊慢慢吃著麵包。

這時——

啾……

一陣宛如在發抖的微小鳴叫聲，讓我驚覺地抬頭一看，但只看到從垃圾桶滿出來的空罐散落在地上。

「嗯……？」

……啾。

小小的兩隻眼睛，從空罐後頭窺視著。

是老鼠？不，是一隻體型比老鼠更小、長著鬆軟白色長毛、我從未見過的生物，一直在窺視著我……不，牠並不是在看我，說得精確一點，牠是在看我正在吃的那乾巴巴的麵包。

「好，你等著。」

我撕下一片麵包，放到手掌上，遞到這小傢伙面前。小傢伙提防著我，縮到空罐後頭，於是我輕輕將麵包放到地上，抽回了手。

「好啦，吃吧。」

我這麼說，但小傢伙仍然不動，看看我又看看麵包，好一會兒後，才離開空罐後方來到麵包前，小小的嘴發出喀哩聲。

「……你也是逃出來的嗎？」

我不經意地問。

小傢伙只用那雙小小的眼睛仰望我，眨了眨眼。

我孤身一人。

一群陌生的大人，闖進我和媽媽居住的公寓。

他們俐落地把家裡的東西全都塞進紙箱，用膠帶封起的箱子轉眼間堆得越來越高。無論是媽媽的衣服、媽媽的鞋子，還是媽媽的床，全都被搬到房子之外。

「蓮，差不多該走了。」

舅舅呼喚我的名字，拉起西裝袖子看了看手錶。指揮這些搬家公司的工人該如何行動的，是包括舅舅在內的本家親戚。我不答話，始終在靠近窗邊的房間角落抱著膝蓋低頭不語。

「請問，這個要怎麼辦？」

搬家公司的員工為難地問道，我聽到本家的舅媽說：「啊啊，這個我們自己會處理。」我抬起頭，只見餐桌上的香爐裡，線香冒出細細的煙，還放著裝有喉骨的骨灰罈，相框裡則有媽媽仍活著時的面孔。

我一直盯著這些東西。

舅舅說：「蓮，你媽突然走了。你可能很寂寞，但她出了車禍，這也沒辦法。本家會當你的監護人來收養你，沒問題吧？」

「你是我們家族裡唯一的男孩子，是重要的繼承人。以後我們會好好栽培你，讓你什麼都不缺。」

我想著舅媽說的「什麼都不缺」是怎麼回事。我聽說過本家十分富裕，在東京都心擁有多筆不動產，但我幾乎不曾和這些人說過話。

從相簿滑出來的照片上可以瞥見爸爸的臉。這張照片是我們還住在一間小公寓時，我、爸爸和媽媽三個人依偎在一起所拍攝的。當時真的好開心。畢竟那時我年紀還小，更重要的是，我們三個人都好好在一起享受天倫之樂。當時的我們做夢也沒想到會演變成今天這種情形。

「蓮！知道了就答話啊！」

舅舅大聲吼叫。

我記得很清楚，舅舅以前也曾這樣大聲吼人。有一天他突然帶著律師，闖進我們住的小公寓，強行拆散爸爸和媽媽。這大概和我是「家族裡唯一的男孩子，是重要的繼承人」有關。那時候，媽媽一直在哭。每次都是這樣。這些人要逼迫別人就範時，都會發出一樣的吼聲。

但我覺得比起本家這些親戚，爸爸更讓我生氣。當時媽媽在哭，為什麼他什麼事都不做？為什麼就這麼接受本家那些傢伙說的話？

我問舅舅：「爸爸為什麼不來？」
「以後別再想起他。」
「為什麼？爸爸就是爸爸啊。」
「你知道你媽媽已經和那男人離婚了吧？法院也把親權判給我們這邊，他跟你已經是陌生人了。」
「那我就一個人活下去。」
「你一個小孩子說什麼傻話？你哪有這本事？」舅舅嗤之以鼻。
我卯足全力瞪著他的鼻子。
「我就一個人活下去給你看。我會變強，給你們好看。」
「蓮，你這是什麼口氣？你……」
「討厭死了！不管是你們，還是爸爸，全都討厭死了！」
我話未說完，就已經衝出家門。
夜晚再度降臨澀谷。
得趁時間還不太晚時，找個地方休息才行。得找個有屋頂可以過夜，又不會被別人發現的地方。可是，今天這些地方不是已有人先到，就是在施工，又或者是被一群游手好閒的傢伙所占據，讓我遲遲找不到合適的地方。由於一整天走個不停，腳和身體都很沉重。

途中我好幾次看到被爸媽抱著的小孩。看到他們，我胸口就隱隱作痛。這些抱著爸媽不放的小孩，表情顯得那麼幸福、那麼悠哉、那麼不負責任。

一道說話聲從我心中響起。

（討厭死了……）

一股無以言喻的衝動在心中翻騰。

（討厭死了……討厭死了……）

這股衝動想從心中衝出來，用力敲著門，眼看隨時會破門而出。雖然我努力壓抑，但越是壓抑，敲門的力道似乎越是強勁。

（討厭死了……討厭死了……討厭死了……）

我察覺到了，這是詛咒，是對那些討厭的本家親戚發出的詛咒；是對不來救我的爸爸發出的詛咒；是對那些幸福、悠哉、不負責任的，除了我以外的一切所發出的詛咒。

（討厭死了……討厭死了……討厭死了……）

詛咒從內心深處反覆地劇烈上衝。我好難受，再也忍不住，只覺得要是不吐出這些詛咒，

整個人都會脹破。

這一瞬間，撞門的力道大到駭人的地步，詛咒終於從我心中衝出來。

「討厭死了！」

我喊了出來。

周遭的大人們都瞪大眼睛、停下腳步，想弄清楚發生什麼事的視線集中過來。我承受不住，轉過身去。

有個大人露出親切的表情，走過來朝我伸出手，問我怎麼了。

我甩開那隻手，拔腿就跑，把剛才還在心中衝撞的詛咒留在原地。

頭頂上傳來電車駛過的喀噹聲。

我在高架鐵路下的自行車停車場，坐在停放得很雜亂的自行車與自行車之間，把臉埋進環抱的雙臂當中。今天只能在這裡過夜了，我已筋疲力盡，連抬頭的力氣都沒有。

小不點從我懷裡探出頭，就是我在中央街的小巷裡找到的那個小傢伙。因為牠的體型很小，我就幫牠取名為「小不點」。小不點把牠鬆軟的毛往我額頭湊過來，發出像是在安慰我的聲音。

啾、啾。

「小不點，我沒事，謝謝你。」

但小不點仍然擔心地叫個不停。

啾、啾。

「我真的沒事。可是我有點累了，讓我睡一下啦……」

小不點忽然不叫了，迅速鑽進我的頭髮裡。

這時，有人說著話朝我這邊走來。

「……到底是怎樣啦？說穿了，比豬王山強不就好了？品格？莫名其妙。」

「宗師也真會強人所難。上次拜你為師的徒弟撐了多久？」

「一個月……一週……不對，是一天……」

「是只到上午！上午！」

兩個男人踩著啪噠作響的拖鞋，從我面前走過。

其中一個人的嗓音尖銳，說話速度很快，我想，多半是那個小個子吧；另一個人的嗓音粗豪，想必是那個大個子。大個子忿忿不平地吼著：

「我就是討厭哭哭啼啼的傢伙！」

「現在是挑剔的時候嗎？既然都弄成這樣了，管他是人類還是棕刷，就在這附近隨便抓個什麼東西回去當徒弟吧。」

「是喔？那我就抓給你看！」

大個子突然轉身走回來，感覺得出小個子慌了。

「喂，我開玩笑的，你不要當真啊！」

大個子的腳步聲越來越近，忽然在我身前停住。

「嗨。」

「……」

我仍然低著頭，不答話。

「我在跟你打招呼。」

大個子語帶怒意地說道，發出「咚」的一聲跺腳。

為什麼要找我說話？不要管我。

他訝異地問：

「你是活著還是死了？」

「……囉唆。」

「既然會說話，就是還活著吧？你媽怎麼啦？」

「囉唆。」別跟我問起媽媽。

「那你爸呢？」

「閉嘴。」別跟我問起爸爸。

「回答我，你爸……」

「閉嘴閉嘴閉嘴閉嘴！」我再也忍不住，抬起頭大吼。「你再跟我說話，我就宰了你！」

這兩個人都穿著遮住全身的斗篷，大個子還背著一根裝在袋子裡的長棍狀物體。頭巾下很暗，看不清楚他的臉孔，但相對的四周瀰漫著一股獨特的氣味，聞起來像待在動物園的野獸牢籠前……

「宰你個頭，臭小鬼。」小個子男嗤之以鼻。

「你還真倔啊，讓我仔細看看你長什麼樣子。」

大個子從斗篷下慢慢伸出手，劈頭就抓住我的下巴，硬把我拉起來。

這時，我才首次看到他頭巾下的臉孔。

長滿大鬍子的嘴邊露出尖銳的牙齒。

鼻子像熊一樣往前突出。

還有一雙低頭看著我的野獸眼睛。

「！」

我太過震驚，動彈不得。

「……怪、怪物……」

眼前發生的事讓我不敢置信。

大個子一動也不動地看著我，他的眼睛有著我從未見過的鮮紅色。這雙眼睛彷彿看穿我心中的一切，在打量評估我。我無力抗拒，只能悶哼。

「啊啊啊……」

評估的時間突然結束了。

我被大個子一推之下，摔在地上。

「嗚！」

大個子心滿意足地說：「不壞。」

「夠了吧？」

在小個子的催促下，大個子轉過身去。

但他正要離開時，卻又停下腳步，轉過身來對我說：

「你……要不要跟我一起來？」

「！」

聽他這麼一說，我心臟猛地撲通一跳。

「啥？熊徹，你說什麼傻話！」

小個子趕緊回來，把大個子拉走。

我從自行車與自行車之間鑽出來，茫然目送他們離開。

看得到兩人身穿斗篷的背影走出高架橋下，爬上通往車站西口方向的樓梯。剛剛那是什麼？是夢？是幻覺？是惡作劇？還是說……

為了弄清楚這一點，我往他們兩人身後追過去。

交通號誌的燈號變換，一大群人一起往前走。

我衝到行人保護時相路口的正中央，尋找著大個子的身影。

閃爍藍色光芒的三千里藥品霓虹燈、QFRONT、澀谷中央街的拱門、109大樓、澀谷Mark City大樓、JR澀谷站……我的視線環顧一整圈，但哪裡都找不到斗篷男的身影，只看見一如往常的鬧區。

我揉了揉眼睛。

「剛剛那是怎麼回事……果然是夢嗎？」

這時，突然有人從後面用力抓住我的手臂。

「！」

我嚇了一跳回過頭去，以為是那個大個子。

但不是——

「你是不是離家出走？」

一名體格健壯的年輕警察低頭看著我。

「小孩子晚上一個人待在這裡不好吧？」

戴著眼鏡的中年警察也從旁湊過來。這是剛才輔導離家少女的那對警察搭檔。

「你知道這樣違反條例嗎？」

「放、放開我。」

我扭動身體想掙脫，但年輕警察抓住我的力道非常強，不管我怎麼掙扎都沒用。中年警察從脅下抽出寫字板問：

「你讀哪一間小學？監護人的聯絡方式呢？我會請他們來接你。」

我警覺地看了他們兩人一眼，腦海中浮現本家舅舅與舅媽的身影。他們是不是成了我的監護人？別開玩笑，我死也不想去他們那裡。

「我不要……絕對……不要！」

我用力揮開警察的手，跑向人潮之中。

「慢著！」

「等等！」

我穿過路口，在中央街熙熙攘攘的人潮中胡亂狂奔。

兩名警察猛力追來，但他們似乎受到大量人潮阻礙，無法順利前進。

我趁機彎過一條又一條的巷弄想擾亂他們。雖然後方再也看不見警察的身影，但我仍然不停步，繼續往前跑。怎麼可以被逮到？我死也不會回去本家。他們不是我的監護人，我才沒有什麼監護人！

就在這時……

剛剛見過的斗篷突然闖進我的視野裡。

「！」

我驚覺地停下腳步。

在中央街外圍大樓之間的小巷子裡，可以看見橫著身體往前進的高大背影。

的確，就是那個大個子。

然而，我只不過眨了眨眼，斗篷就忽然消失了，大樓間的小巷子裡一個人都沒有，只看得見空調的室外機、抽風機的排氣口、許多管線與店家的垃圾桶。

「咦？」

我腦子裡一團亂。剛剛明明就在那裡……

這時──

「在哪裡？」

「不，是那邊嗎？」

我聽見警察的對話聲，更看見他們在人潮的另一頭踮起腳尖找我。

我看看那兩名警察，又看看大個子消失的大樓間小巷，同時在腦子裡比較著本家的那些親戚與那個怪物。

沙啞的嗓音再度迴盪在我耳邊：

──你……要不要跟我一起來？

我感到胸口一陣激昂。

這個世界本來就哪裡都沒有我的容身之處。

與其在本家過著「什麼都不缺」的生活，去找怪物還好得多。

我做出覺悟，大步走向大樓間的小巷子。

熊徹

大樓間的小巷子通往神奇的巷弄。

昏暗又矇朧的綠色燈光，照亮凹凸不平的石版路與粗糙的石牆。這條狹窄得張開雙手就能碰到兩邊牆壁的巷弄，不管走了多久，我都只看到大同小異的景色，讓人越走越混亂。巷弄中不時會看到插在竹籃子裡的花放在石版路上，似乎是做為記號，我就以這些花當作路標往前進。然而沒走多遠，就碰到了死巷。我靠著畫在腦袋裡的地圖往回走走看，卻發現明明剛才還放在那裡的花不見了。我心想可能是走錯路了，這次改以掛在牆上的盆栽花當基準，但結果還是一樣，往回一走便發現哪裡都找不到應該存在的花。

簡直像一座迷宮。

還不只是這樣。小巷牆上有著空蕩蕩的窗口，沒有窗板也沒有鋁製窗框，是那種只開了孔的窗子。窗邊有隻灰毛貓，一動也不動地凝視著我。轉頭一看，另一處窗口有一隻垂下的尾巴長達兩公尺左右的雉雞，轉過來歪著頭看我。至於另一處的窗口上，則放著一盆把花接在枝上的盆栽——我原本以為是盆栽，結果發現是裡頭有一隻頭上角的形狀很像樹枝的梅花鹿，一直窺看著我。

梅花鹿？

「這裡……真的是澀谷嗎？」

我邊往後挪，邊忍不住喃喃自語。

這時，我感覺到背後有東西，轉身一看便看到有道人影從遠處牆上反光照亮的地方橫切過去。從體型大小來看，肯定是那對身穿斗篷的二人組。我急忙跑向那個方向，彎過轉角，然而人影已經要彎過更裡面的轉角。我再度追向他們，但人影總是出現在遠方的轉角，即使我想追上卻遲遲追不上。對方明明只用走的，為什麼會這樣？

來到一處十字路口後，我突然跟丟了他們兩個，往前方與左右看去，都只看見插在花瓶裡的花放在椅子上。我走投無路，四周一個人都沒有。

「哎呀……哎呀……？」

我不知道該往哪邊走才好，站在原地動彈不得。

這時小不點從我懷裡探出頭，發出提防的啾啾聲。我聽到一陣踏在石版路上的規律蹄聲從背後傳來，轉過頭去一看，頓時驚呼出聲。

是一匹馬。

馬的長臉朝我湊過來。

「哇啊啊啊啊！」

我在狹窄的巷弄裡無處可逃，只能任由馬把鼻頭往我身上蹭。剛才還讓我無路可走的巷弄前方突然變得開闊，寬廣的空間與大群人潮的聲息慢慢接近。馬背著許多布匹，似乎正直線朝那裡走去。我束手無策，只能大聲呼喊。

「哇啊啊啊啊啊！」

我被馬從巷弄裡推出來，頭部重重撞在石版路上。

「好痛！嗚……」

把我推出來的馬仍將大量布匹背在背上，就這麼用兩隻腳站起來，並露出狐疑的表情看向我，從我身旁走過。

兩隻腳？

我驚覺不對，抬頭一看。

這裡是一處看似石造豪宅的地方，搭著棚子的中庭籠罩在蜂蜜色燈光中，光源照亮了聚集

在這裡、萬頭鑽動的大群奇妙男子。

野獸的氣味濃得嗆鼻。這些人全都有著野獸的臉孔。

有角長得很漂亮、拿著毛線談生意的喀什米爾山羊；有翻開布匹讓客人看貨色的羊駝；有一群伸長了脖子仔細查看貨色的駱駝；有一手拿著筆記本，豎起手指講價的安哥拉山羊；有數鈔票動作飛快且專業的駱馬。另外，許多負責搬運的馬匹，正將完成交易的一捆捆布匹扛到肩上搬出去。

不妙。

是怪物。這裡是一座全都是怪物的城市。

恐懼與不安讓我幾乎要哭出來，忍不住發出慘叫。

「啊啊啊！」

正在談生意的山羊注意到我的叫聲，綿羊們也接連望向我，到處都有怪物將視線集中到我身上。

不妙不妙。

小不點察覺到危險，撲進我懷裡。我趕緊站起身，想回到先前的巷弄裡，但轉身一看，先前有著巷弄的地方卻被牆壁堵住了。

「咦……？咦！我剛剛來的路不見了？」

為什麼？什麼時候不見的？為什麼不見？不管我怎麼找，那裡都沒有路可以走，只有漆得十分精美的牆壁。我全身直冒冷汗。

這些怪物以像是吃驚、像是驚訝，又像是覺得稀奇的眼神看著我，周遭發出交頭接耳的嘈雜聲浪。

不妙不妙不妙。

不管去哪裡都好，得趕快離開這裡才行。我才剛起跑，腳下立刻一絆，當場跌得趴在地上。該死！我顧不得那麼多，用四肢著地的姿勢動著手腳，死命逃離現場。

「出口……出口在哪……」

怪物城市的大街上，眾多商店櫛比鱗次，充滿宛如在舉辦廟會似的活力。大街上方垂下許多大塊的布條，發出我從未見過的藍、紅、紫等各色詭異的光芒。整條路上擠滿在夜晚的街上閒逛的怪物，我躲躲藏藏地壓低姿勢，手腳並用地飛奔而過。跑了一陣子，在大街前方看見一座很大的門，門上圓形的藍色霓虹燈規律地閃爍著，正中央的紅色霓虹背景上，以黃色文字寫著「澀天街」。

看來這座城市就叫這個名字。兩旁各自寫著「三千界」與「甘栗」。我覺得這個設計很眼熟，但想不起來是什麼。我穿過這座門，來到一處開闊且鋪著石版的廣場。以廣場為中心，東西兩邊有著平緩的丘陵，斜坡上充滿狀似住宅瀉出的燈光。若從丘陵往下看，廣場就相當於谷底，似乎也是這座城市的中心，發出的光芒又比山坡上的更強，那是廣場上林立的無數攤販發出的光。我被怪物潮推擠著，跑進滿是攤販的街道。

屋簷下掛著皮烤成金黃色的鴨子，以及還連著頭的水煮雞；有露出凶惡牙齒的鮭魚乾，和像噁心外星人一樣瞪人的魟魚乾；有從壺裡滿出來的花枝、海星、青蛙、蜥蜴，和其他各種不知道是什麼東西做成的肉乾。量販的穀物、果實堆起的小山、堆得半天高的酒瓶、成排的無數鍋子、大釜、壺、用大小形狀各不相同的骨頭與貝殼做成的飾品、發出異樣光芒的刀劍及各式兵器……眼中所見的一切，都與我以前所待的世界完全不一樣。我心中湧起一股強烈的孤獨感，幾乎當場要被不安的情緒壓垮。得趕快找到「出口」離開這裡，回去澀谷——我懷著這個念頭，手腳並用地拚命奔跑。

「啊！」

突然有人拉住我的襯衫領子，我還來不及抵抗，就遭人像拎起幼貓的脖子似地拉起來。抓住我的，是一個身上掛著一把大刀、面容頗為凶惡的狼怪。

「……這小子是怎樣？」

「是人類的小孩。」

「人類？他怎麼會跑來這裡？」

兩個跟他同夥的狼怪走過來，以吃驚的眼神仔細打量胡亂揮動手腳掙扎的我。我們在一家日式樂器的攤販前，他們三個拿著笛子、琵琶與鼓棒，時而捏捏我的臉頰拉扯，時而把我的眼瞼往上提拉。

「放、放開我！」

三人組無視我的呼喊，把臉湊在一起竊笑，展開一場凶惡的商議。

「他來得正好，要不要剝下他的皮賣給做三味線的？」

「要晒得乾巴巴的當柴魚削嗎？」

「還是說……」

我不想變成攤販上掛的雞或鮭魚那樣，忍不住發出哀號。

「救、救命啊！」

就在這時……

「你們這些笨蛋，給我住手！」

我聽到一道尖銳的嗓音喝斥他們。

聲音來自一名瘦削的豬怪，他留著和尚頭與落腮鬍，穿著像是僧侶會穿的黑色連身衣，衣服上四處有著像是被蟲咬出來的破洞。

「別說那種造孽的話。」

他慢慢眨動小小的眼睛，告誡這三人組。

三隻狼湊在一起嘀咕個不停的身影，在我身後離得越來越遠。

我在這個做僧侶打扮的怪物帶領下，走在攤販林立的大街上。

「這沒什麼，別放在心上。他們只是嘴巴和長相凶了點，不用怕。」

雖然他這麼說，但我全身仍顫抖個不停。喝醉的怪物發出的尖銳笑聲與吼聲，不斷從深夜的攤販傳來。做僧侶打扮的這隻怪物多半是想讓我放心，他以平靜溫和的嗓音說：

「我是百秋坊，就如你所見，還在修行。澀天街是必須依循固定路徑行走才進得來的地方。能夠變成神的我們這些怪物和成不了神的人類，生活在不一樣的世界裡。你湊巧闖進來，一定覺得很無助吧？好了，我送你回去原來的世界。」

我覺得十分意外。雖說是怪物，但並不是每隻怪物都那麼可怕呢，說不定也有怪物會對人親切。不知不覺間，我的顫抖停止了。總之，現在這個做僧侶打扮的怪物百秋坊，似乎願意告訴我出口在哪裡。只要跟著他走，我便能回到原來……

「喲！你真的來啦？」

我聽見一個耳熟、沙啞的大嗓門說話聲，轉身一看，頓時瞪大眼睛。

那個大個子怪物露出滿臉笑容，踩著大而重的腳步走來。他身上穿的不是斗篷，而是披著深紅色的上衣，背著一把幾乎和他身高差不多的朱紅色大太刀；頸子露出有著白色紋路的毛，一張臉長得像熊，所以可能是亞洲黑熊的怪物？他一手拿著葫蘆酒瓶……

「嘿嘿，我果然沒看錯，越來越中意你啦！」

說著，他把醉得紅冬冬的臉往前湊過來，抓住我的肩膀，一把將我拉過去。

「熊徹，你做什麼？」

百秋坊宛如告誡似的，用力把我拉回去。

「他是迷路的小孩，你就不能溫柔地陪著他嗎？」

喚作「熊徹」的熊怪，不滿地嘴角一歪說：

「陪著他？和尚還真是只會講些天真的話啊。」

「我是叫你不要對他那麼粗魯。」

「粗魯有什麼不好？他才不是迷路。」說完，熊徹把他的大手放到我頭上。「這小子從現在起，就是我的徒弟！」

「……徒弟？」

啥？我可沒聽說過這回事。

「我不是說過嗎？你忘啦？」

你才沒說！我哪會忘！

百秋坊大吃一驚，發出驚呼：

「……你要收人類的小孩為徒弟？」

「管他是人類還是棕刷，我說是徒弟就是徒弟！」

熊徹一把抓住我的腦袋，用力搖晃。

「慢著慢著慢著。」

一名猴子臉的怪物小跑步過來。他身披藍染外褂、脖子上綁著手帕的模樣，頗有幾分工匠的氣息，腰帶上還塞著女用錢包。從嗓音聽來，他就是先前和熊徹在一起的那名小個子。

「我是有勸熊徹不要這麼做啦。」

「多多良，把事情說清楚。」

「宗師對這傢伙說，如果他想繼承宗師的位子，無論如何都要收個徒弟。但是，如果是拜豬王山為師也還罷了，根本沒有怪物想當這傢伙的徒弟。嘻嘻～然後呢，我們去參觀可悲的人類城市時，遇到了這個小鬼頭。」

百秋坊一臉沒轍的表情看了熊徹一眼。

「所以你就把他抓回來？」

「是這小子自己跟來的。」

「我就叫你不要把不相關的人牽扯進來了。」

「我就不能看上有潛能的傢伙嗎？」

熊徹不耐煩地大吼，但多多良與百秋坊均絲毫不為所動。

我心想，不知道他們三個到底是什麼關係。

*

『……熊徹後來滿嘴酒臭地說聲「我要回去了」，也不顧我們的反對就硬是把那小子拉走。我們站在廣場邊緣，目送熊徹和那小子小小的背影沿著水塔旁邊的坡道走上去。

「真是豈有此理，他就這麼想要繼承人的寶座嗎？」

百秋坊嚴肅地皺起眉頭，害我忍不住噗哧一聲笑出來。

「不不不，熊徹只是想贏過豬王山而已啦，這沒什麼。」

「的確。他對當上宗師和升格成神這些事情，應該一點興趣都沒有。」

「哪怕那傢伙投胎轉世，我看頂多也只能變成付喪神，例如廁所之神或是棕刷之神之類的。」(註1)

百秋坊擔憂地說：

「讓人類小孩跟熊徹在一起，真的不要緊嗎？」

「誰知道？我才不管。」

在我看來，人類的小孩根本無須在意……』

＊

我跟著熊徹的背影爬上坡道。

從大街岔出來的小路越來越細，爬上了不知道多少階的階梯，街上熱鬧的氣氛漸漸轉為冷清，路旁的垃圾與牆上的塗鴉都越來越多。四周飄散著一股危險的氣息，一眼就看得出這裡絕對不是有錢人家居住的地方。

熊徹的房子蓋在石階的頂端。

這間房子頂多只能算是一房一廳，說是一間小型置物間也不為過。水泥牆上的油漆因為年代久遠而剝落，前院的地磚縫隙間更任由雜草叢生，屋頂的晒衣繩隨風搖曳。

熊徹掀開朝向前院的入口處布簾走了進去。為什麼是布簾？房子沒有門嗎？我遲疑了好一會兒，不知道該怎麼辦。小屋裡亮起微弱的燈火，我注意到這房子另有一扇門，那裡似乎才是正式的玄關。我無可奈何之下只得下定決心地打開玄關的門。

屋子裡散亂得幾乎和垃圾場沒有什麼區別。掛在牆壁間的晒衣繩上，雜亂地吊著好幾件衣服；餐桌上的餐具擱著沒收，椅子也翻倒在地；房間角落有一塊寫著「熊徹庵」的招牌，像大型垃圾似地豎在那裡。

地毯上雜亂地散落著酒瓶、鞋子、吃了一半的蜂蜜瓶等物品，熊徹用腳推開這些東西，然後把兩張小坐墊扔給我。

註1：付喪神是日本妖怪中，器物經年累月地吸收天地精華、累積怨念、感受佛性或靈力而變成的精怪。

「你就睡在這裡。」

「徒弟是怎麼回事？」

「就是說我會養活你。」

「我又沒拜託你。」

「哼，隨便你。」

熊徹在這間小屋子裡唯一有著豪華裝飾的大沙發上坐下來。這張沙發是豪華的皮製品，與其說是沙發，還不如說是貴族用來睡午覺的貴妃椅，給人一種和這間簡陋的小房子格格不入的感覺。熊徹搔了搔肚子說：

「只是我討厭哭哭啼啼的傢伙。你敢哭，我會馬上把你轟出去。」

「我才不會哭。」

「這樣才對。」

「但是，我不哭也不代表我要當你的徒弟。」

「那你為什麼跟來？」

「為什麼……」我說不出話來。

「你不說我也知道，還不就是沒地方可去嗎？」

「……你在同情我？」

「笨蛋，這種話等你可以獨當一面再說。」

熊徹吼了一聲，然後頭撇向旁邊，自言自語似地說：「反正你只能一個人活下去。」

這句話聽來相當實際而且充滿說服力，讓我不由得沉默。

「……」

「我還沒問你叫什麼名字？」

「……我不說。」

「啥？」

「因為這是個人資料。」

不可以把名字告訴陌生人，這是重要的個人資料——這是國小老師教導我的，但對眼前這隻熊怪講什麼個人資料，總覺得牛頭不對馬嘴。

「可惡，那你幾歲？」熊徹不耐煩地露出牙齒。

年齡也一樣是個人資料，我遲疑著不知道該不該說，但若繼續拒絕，又覺得心中那種不搭調的感覺會更強烈。

我用手指比出歲數。

「九歲……？」

熊徹看了看我的手指，彷彿想到什麼點子似地露出滿面笑容。他深深靠在沙發上，心滿意足地宣告：

「嘿嘿，那你從現在起就叫做『九太』。」

九太？這是什麼怪名字！

「……為什麼是你在取名字？」

「聽好，你就叫做『九太』。好啦，我要睡了，九太。」

熊徹不給人回應地說完，便轉身縮進被窩裡背對著我。

不知道現在是幾點，也許已經過了午夜零時。

我掀開布簾來到前院，天上有著多得驚人的星星在發光，眼底則有熱鬧的鬧區燈火閃動。據說是水塔的圓筒形建築物很有特色，記得澀谷的道玄坂下也有一樣的圓筒形建築物。這麼說來，無論是有著半球狀頂蓋的建築物，或是一棟接著一棟、狀似銀杏葉形狀的建築物，我都覺得很眼熟。這是怎麼回事？會是因為這裡看似另一個不同的世界，卻又與澀谷相連嗎？

「蓮。」

背後傳來說話的聲音。

回頭一看，是媽媽。

她繫著圍裙，端著托盤，站在小屋外。

「我做了你愛吃的火腿蛋包飯，快趁熱吃吧。」

明明已經過世的媽媽，笑咪咪地看著我，讓我搞不清楚哪些是夢，哪些是現實。話說回來，這座怪物的城市本身不也就像個夢嗎？

「嗯，我馬上去。」

我這麼回答媽媽。也許是從剛剛就震驚連連，讓我已經感覺麻痺。我彷彿身處在夢中似地跨出腳步。

走了三步後，媽媽卻消失得無影無蹤。

「……」

我突然被迫面對殘酷的現實，忍不住轉過身去，蹲下身抱住膝蓋。我真的是孤單一人，令人絕望的寂寞與悲傷宛如一根根尖刺，刺遍我全身上下。眼淚奪眶而出，儘管我拚命忍耐，但仍無法阻止嗚咽聲從口中流瀉而出。小不點從懷裡探出頭來，擔心地叫了一聲，往我身上依偎過來，但我口中發出的嗚咽聲仍然源源不絕。

——我討厭哭哭啼啼的傢伙。

熊徹剛才說過的話迴盪在腦海中。

不要哭——我一再這麼暗自告訴自己。

鏘鏘鏘鏘！

突然聽到幾聲巨大的聲響，讓我跳了起來。

「哇哇！」

抬頭一看，拿著平底鍋與木槌的熊徹露齒笑說：「吃飯啦。」

天空一片晴朗，已經早上了。

熊徹還在用力敲打平底鍋。鏘鏘鏘鏘！

「不、不要敲了！」

我摀住耳朵抗議。

昨晚我在階梯下面的雞舍裡睡著了。照熊徹的說法，他一覺醒來看到我不在房裡，還以為我跑走了，沒想到是睡在雞舍裡被一群雞圍著。聽他這麼一說，我也覺得不可思議。我為什麼不跑走呢？

熊徹接連敲破生雞蛋，淋在大碗公裡的飯上。

「你還在生氣喔？還不就只是鬧你一下而已。別氣了，吃吧。」

小不點在我肩上喀啦喀啦地咬著松果。只有我不碰飯菜，悶聲不說話。

「這是剛下的蛋，不生吃太可惜啦。」

新鮮的蛋上還殘留著雞的體溫，有點溫溫的。我剛才在雞舍裡睡覺時，之所以會覺得臉頰溫溫的，就是來自這些蛋的溫暖。

但我不吃。

「還是你肚子不餓？」熊徹訝異地問。

「當然餓！」憤怒與飢餓讓我終於喊了出來。

「那就吃啊！」

「生雞蛋這種東西！」

「啥？」

「……這麼腥哪能吃啊！」

我很喜歡吃雞蛋，但是受不了生雞蛋，根本無法理解吃生雞蛋吃得津津有味的傢伙在想些什麼。

「本來就能吃啊？你看。」

眼前這隻無法理解的熊，用筷子把大碗公裡的蛋汁和飯攪成一團，然後唏哩呼嚕地一口氣扒進嘴裡。他鼓著塞滿食物的臉頰對我說：

「怎麼樣？」

「你說什麼！」

「你白痴啊？」

我轉頭不去看他那張蠢臉。

笨熊嘴裡噴出大量飯粒，黏到我臉上。

「哇，髒死了！」

「徒弟不准挑食！」

「我才不是你徒弟！」

「少廢話，吃就對了！」

「我不要！」

「要是你說什麼都不肯吃……」熊徹壓低姿勢。

「你想怎樣？」我也戒心大起地壓低姿勢。

「我就塞進你嘴裡！」

笨熊從籠子裡抓起雞蛋，繞過桌子跑向我，但我早料到他會這樣做，幾乎在同時起步逃跑。我和笨熊就以桌子為中心打轉，他瘋狂追趕，我死命逃開。

百秋坊和多多良不知何時已站在窗外，看著一直繞圈圈奔跑的笨熊和我。

「熊徹，別這樣，對他好一點啦。」

「熊徹，你現在知道了吧？快把這種惱人的小鬼趕回去。」

不過，他們的話都沒有傳進熊徹的耳中。我看準空隙，脫離畫圓運動跑出去，從多多良他們中間探出上半身，對著自己繞圈子繞個沒完的笨熊說：

「我最討厭你了！」

笨熊這才發現不對，紅了眼追來。

「九太，你給我慢著！」

我跑出門，一口氣衝下昨晚爬上來的石階。誰是「九太」啊？誰要當你那種傢伙的徒弟？

從遙遠後方傳來的喊叫聲漸漸遠去。

「你這小子給我慢著！九太！」

繼承人之爭

白天的澀天街看來和昨晚大不相同。

我在逃跑的途中看到許多怪物正準備上工，有背著大包行李走在路上的行商人、有用竹竿挑著無數籃子的籃子商，也有為了修補建築物而架設鷹架的工人。見到大家都在工作，我的認知也有所改變。雖說是怪物，但似乎不是像以前歌謠裡講得那樣夜夜笙歌。相較之下，那隻笨熊是怎麼回事？佩著刀到處閒晃，豈不是像個黑道？

為了避免引人起疑，我先把T恤套到頭上遮住臉，然後尋找昨晚那戶有著中庭的大宅。我猜測那裡會有能夠回去澀谷的通道。

我立刻就找到那條掛著各式布條的大街。在白天的光線下，就看得出這些形形色色的布條不論是材質、染色方式或透明度都不一樣，而且依垂掛的方式可以產生繁複的交互影響，讓我覺得彷彿是一種實驗藝術。

我從一開始就覺得，這條大街給人的印象隱約有點像是澀谷的中央街，因為巷弄的配置極為相似。但這裡和以店面為主的中央街不同，是一條在巷弄裡有著許多工匠在工作的工坊街。有把生絲泡進缸中液體進行藍染的工匠、有節奏地用紡織機織布的工匠，還有用印花網版幫布料染色的工匠。這些工匠們做的都是和布料有關的工作，街上還可以看見抱著好幾捆布料的布店員工。這讓我想起昨天晚上大宅裡的中庭，似乎也是毛布料的市集。

另外還有別的工坊，其中之一就是打鐵舖，看得到一群工匠在鍛打鐵塊，將燒得通紅的鋼打出盛大的火花。還有其他工匠用鐵鎚擊打著已經延展開來的鋼材，並一再檢查彎折的幅度。看那又長又細的形狀顯然是刀劍，我注意到這些工匠其實是刀匠。這時我想起在這座城市裡，的確常常看到佩帶刀劍的怪物，笨熊也是一樣。也許刀劍在這座城市裡有著重要的意義。

我仔仔細細走過巷弄好幾遍，但始終沒能找到那間有中庭的大宅。沿途看到好幾扇門關著，也許就在裡頭，但如果那個市集要到晚上才開，現在就無從查證。

我只好來到廣場上，白天的攤販樣貌和昨晚完全不同，有著一排排陳列蔬菜等生鮮食品的店，以及提供湯麵、燉粥或披薩等各式午餐的店，感覺這裡是過著極為正經的生活。雖然先前那三隻長相凶狠的狼怪威脅說要把我「晒得乾巴巴的當柴魚削」，但我越想越覺得那也許只是在嚇唬我。昨晚那些看起來極為驚悚的烤全雞與鮭魚乾等食物，在光天化日之下就顯得極為美味，讓我肚子餓得咕嚕叫。

忽然間，我在一家攤販前面發現兩個小孩的身影，心下一驚。

為什麼會有小孩？但仔細一想，這根本沒什麼好意外的，怪物的世界裡也是有大人就有小孩、有爸媽就有子女嘛。從這兩個小孩的身高看來，年紀多半和我差不多。他們稚嫩的臉龐讓我覺得不像怪物或動物，簡直和人類的小孩沒有兩樣。我躲在賣冬瓜的攤販後面，暗中窺看。

我看到兩名小孩中宛如小山豬似地圓滾滾的那一個，接下了在攤販買的水果聖代。聖代裡放了許許多多切得很大片的水果，顯得美味無比。

「哥哥也要吃嗎？」

另一名身材瘦削的小孩搖搖頭。他長得眉目清秀、皮膚白嫩，態度又穩重，兩兄弟形成鮮明的對比。

「是嗎？那我自己吃囉。」弟弟用粗粗的手指抓起水果。「先從橘子……」

橘子……我喉頭忍不住發出吞口水的聲音。

「啊啊～」

啊啊……我也忍不住跟著張大嘴巴。畢竟這幾天來我都沒吃什麼東西，尤其今天早上更是因為賭氣而什麼都沒吃。

但這時弟弟停下動作。「還是算了。」

我驚覺地回過神來，躲到冬瓜後面。

弟弟接著抓起另一種水果。

「一開始還是先吃櫻桃。啊啊～」

啊啊……我又跟著張大嘴巴，口水從嘴角牽著絲滴到地上。畢竟這幾天來我都沒吃什麼東西，尤其今天早上更是因為賭氣而什麼都……

「二郎丸你看，是爹。」

哥哥開朗的嗓音讓弟弟停下手。

「爸爸。」

我驚覺地回過神來，躲到冬瓜後面。

一名有著山豬臉孔的怪物走過來，蹲下去抱住兩兄弟的肩膀。他體格健壯，腰間佩著刀，有著長長的鼻子和兩顆很大的牙齒。獅子鬃毛般的金黃色頭髮與下巴的鬍鬚，讓他顯得極為強悍，但在兒子們面前卻露出溫和的笑容。

「一郎彥、二郎丸，你們有沒有好好用功啊？」

「有的。」兩兄弟異口同聲回答。

山豬怪稱之為「一郎彥」的哥哥探出上半身說：

「爹，請您也教我練武。」

「當然，你很快就……」

山豬劍士說到一半，朝後方看了一眼，他身後有著水牛與犀牛等看起來很強悍的怪物。他們穿著同款的外套，密密麻麻地排成隊伍，外套背後都印著山豬牙圖案所組成的紋路，看來山豬劍士多半是這些人的頭目。他把頭轉回來，面向兩兄弟說：

「我會找時間，可以再等一陣子嗎？」

「咦咦！又要等？」

山豬怪稱之為「二郎太」的弟弟顯得很不滿。

但兄長一郎彥露出懂事的笑容說：「好的。」

「對不起啊。」山豬劍士站了起來。

這時，他似乎在廣場正中央發現了什麼，叫道：「熊徹！」

熊徹？我驚覺地看過去。

只見熊徹在這個白天被滿滿的怪物擠得水洩不通的廣場上，東張西望地找我。

「喲，豬王山。」

喚作「豬王山」的山豬劍士來到熊徹面前。

「我聽說你終於也找了徒弟啦？」

「是啊。但這徒弟馬上就跑掉了。你有沒有看到？是個子這麼小的小鬼頭。」

「小孩子？你自己明明就是個孩子，還收小孩當徒弟？」

豬王山聞言，露出誇張的吃驚表情。

「嘖！你很囉唆耶。」

從他們的互動，看得出兩名怪物是舊識。

「身為兩個孩子的父親，我得告訴你，什麼經驗都沒有的你是當不好監護人的。」

「喔，是這樣嗎？可惜我一旦決定就不會改變心意。別說這些了，重要的是九太。人類的小孩真是機靈啊。」

這句話讓本來態度平靜的豬王山驚覺不對，倒抽一口氣。

「你說……人類？喂，你說的徒弟是人類的小孩嗎？」

就在這個時候——

「師父。」

我一時大意，被豬王山的水牛徒弟逮住了。

「好痛！放開我。」

水牛怪抓著我的頭髮，把我提得高高地秀給他們看。

我在空中踢著雙腳掙扎，廣場上怪物的視線全都集中過來。

「人類？」

「為什麼人類會來到我們的世界？」

一郎彥與二郎丸兄弟也喃喃說道：

「那就是人類……？」

「為什麼這裡會有人類這種東西？」

「喔喔，九太！」

熊徹朝我露出笑容，彷彿在說他找我很久了。但豬王山一手按住他的肩膀制止他，以緊繃的嗓音說：

「慢著，熊徹。為了你好，把那個小孩丟回原來的地方吧。」

「幹嘛？只不過是一、兩隻人類，有什麼好大驚小怪的？」

豬王山身上散發出非同小可的緊張感。

「你和大家也許不知道，但你可曾想過，為什麼我們怪物要住在和人類不一樣的世界？據說人類因為軟弱，心中容易有黑暗棲息。一旦遭到黑暗乘隙而入，弄得誰都治不了……」

「黑暗？哼，我倒是怎麼看都不覺得那小子心裡會有那種東西。」

「聽我說！這不只是你自己的問題。」

「我的徒弟要怎麼處置，由我來決定。」

「你聽好了，這是警告。為了澀天街的大家好，你放棄吧。」

豬王山說到後來，放粗了嗓子出聲恫嚇。本來悠閒地逛街的怪物們，紛紛停下腳步、踮起腳尖，想知道到底發生了什麼事。

熊徹與豬王山面對面，兩者間流竄著緊張的氣息。

「為了大家好？豬王山，你以為自己當上宗師了嗎？」

「什麼？」

「那你就憑實力阻止我啊。不然乾脆現在就在這裡決定誰才是繼承人也行。」

這句話讓廣場上的群眾情緒沸騰。

「豬王山和熊徹要對決啦！」

有人大聲呼喊。

「就等這一天啊！」

「要決定新宗師了嗎？」

怪物們不約而同地退開，讓出空間來。

熊徹和豬王山在群眾中間慢慢拉開距離。熊徹瞪著豬王山，脫掉繡有太陽紋的紅色外套扔到地上。

百秋坊撥開大群怪物，大喊：

「熊徹！你冷靜點！」

相對的，多多良則不負責任地煽風點火：

「好啊！快上快上！」

所有怪物都籠罩在期待今天雙方能分出高下的氣氛當中。

其中一處角落裡，上次那三名長相凶狠的狼怪偷偷摸摸地湊在一起商量。

「我賭豬王山贏。」

「我賭豬王山贏。」

「我也賭豬王山贏。」

「這樣根本不成賭局啊。」

豬王山顯得興致缺缺，似乎拿熊徹沒轍似地嘆一口氣，無可奈何地脫掉外套，交給一旁的一郎彥。

一郎彥擔心地抬頭看著他。「爹。」

「你退下。」

豬王山從腰帶上解下刀，連刀帶鞘地拿在右手上，刀刃朝下行了一禮。

但熊徹並未行禮，他笑得嘴角上揚，扭著身體做伸展操。

他的態度讓怪物們開始交頭接耳：「熊徹那傢伙是怎樣？」「他不懂禮儀嗎？」「竟然在做準備運動？」「是瞧不起對手嗎？」「學學豬王山啊！」

一郎彥也氣憤地對熊徹說：「照規矩來！」

「那傢伙哪有什麼規矩啊。」

多多良一臉不在乎的表情，顯然決定看好戲到底。

愛操心的百秋坊則與他形成鮮明的對比。

「那個笨蛋，這可得罪了在場群眾……」

噓聲如潮，熊徹脫下上衣用力一扔，赤裸著上半身，臉上露出剽悍的表情。他與跪在石版上先行過刀禮，然後才靜靜繫好刀綁帶的豬王山，形成極端的對比。

我整個人仍被抓著頭髮提在半空中，對豬王山的水牛徒弟問：

「他們要對砍嗎？」

「宗師禁止大家拔刀。」

水牛怪還親切地亮出他的佩刀刀鍔給我看。

「所以大家都用綁帶綁住刀鍔和刀鞘，讓刀拔不出來。」

「是喔。」

我佩服地湊過去看刀鍔……但這其實是聲東擊西的戰術，我身體猛然一轉，朝水牛怪的側腹部用力踢去。

「嗚噁！」水牛怪因為實在太痛而發出奇怪的哀號，忍不住放開我。我趁機逃跑，混進群眾之中。

「臭、臭小子，不要跑！跑哪去啦？」

笨～蛋！誰會再被你逮到啊？

熊徹在一陣陣支持豬王山的歡呼聲中，把大太刀靠上毛茸茸的上半身，擺出拳擊的防禦架式，踏出敏捷的步法，挑釁似地在豬王山四周頻繁改變左右進攻的架式。才剛覺得他怎麼做出彷彿跑步的跳舞表演，他突然扭轉身體，從卡波埃拉（註2）風格的側翻接著一個空翻。這出人意表的連續技，讓廣場上的怪物們發出驚嘆聲。熊徹以卡波埃拉側翻動作的餘興表演帶動場上怪物們的氣氛後，連連轉動手臂回應歡呼。

「熊徹，你也挺行的嘛！」

「好厲害！」

「多來幾下！」

熊徹在歡呼聲中抬頭挺胸，但豬王山對這種種挑釁絲毫不為所動。

多多良似乎覺得兩者之間的對比像喜劇一樣好笑，拍手發出「嘎哈哈哈」的笑聲。

百秋坊則在多多良身旁頭痛地說：「這個笨蛋在幹嘛啦！」看樣子他是會把別人做的事情當成自己做的一樣感到難為情的個性。

我從大群怪物的縫隙間，看熊徹踩著輕快的步伐前後移動來調整雙方的距離。

這一瞬間，熊徹突然揮出一記左直拳打向豬王山。

但是，豬王山以毫無多餘動作的後跨步與上半身閃身動作躲過攻擊。

熊徹對退後的豬王山乘勝追擊，打出右、左兩記直拳，然後左右架式互換，接著是一段從兩記左刺拳再接右直拳轉右旋踢的連續攻擊。看到豬王山低頭閃避，熊徹不給對方喘息的機

註2：十六世紀時，由巴西的非裔移民發展出來，既是伴隨音樂節奏而舞動的舞蹈，又是包含大量側空翻、迴旋踢、倒立等實戰性動作的武術。

會，踩著迅速的步伐打出擊劍般的右拳，再接一記犀利的左拳。

但豬王山巧妙地與熊徹交錯換位躲過攻擊，和熊徹拉開一大段距離。

豬王山閃過熊徹所有的攻擊，引起了讚美的掌聲。

「喔喔喔喔！」「豬王山真有一套。」「一下都沒打中啊。」

熊徹剽悍地睥睨著豬王山，對他招了招手。手勢意思是：「我就把你剛剛那幾下秀給你看，放馬過來。」廣場上發出驚呼的聲浪，顯然都為熊徹有這本事感到驚奇。豬王山似乎略覺困惑，眨了眨眼後舉起拳頭。他眨眼的意思是在問：「真的可以打嗎？」熊徹則以淺笑回答。

豬王山如同先前的熊徹，打出從左直拳開始的連續攻擊。

熊徹毫不格擋，僅以最小幅度的步伐後退，用走的一般閃避豬王山的攻擊。

觀眾的驚呼聲讓熊徹相當滿意。

結果，豬王山犀利的一拳就抓準這個空檔砸來。

「砰」的一聲悶響，這一拳埋進熊徹臉上。

「啊！」

我表情抽搐。

熊徹按住被打到的鼻頭，再也沒有先前那種胸有成竹的模樣，而是露出一副拚了命的眼

神，竭盡全力地閃躲豬王山的攻擊。熊徹那誇張到難看的動作，實實在在是一齣喜劇，逗得怪物們連連大笑。但這也維持不了多久，熊徹放開雙手而滴著鼻血的臉龐，又被豬王山一拳打個正著。

「漂亮！」一郎彥與二郎丸做出握拳姿勢。

「傻子！」百秋坊看不下去，他身旁的多多良則哈哈大笑。「啊哈哈哈哈！」

熊徹搖了搖鼻青臉腫的頭，恢復了理智。他發出嘶嘶聲響把鼻血吸回去之後，憑著一股蠻力，大動作地撲向豬王山。

但豬王山早已看準機會反制，一記強而有力的左踢腿正中熊徹胸口。

「咚」的一聲巨響，熊徹就這麼摔在地上。

「啊啊！」我忍不住發出驚呼。

在大群怪物的歡呼與掌聲之中，豬王山解除防禦姿勢，對倒地的熊徹輕輕一鞠躬，悠然往回走。

但他走到一半時，注意到歡呼聲轉變為驚呼，慢慢轉過身來。

是熊徹。

他明明挨了那麼紮實的一腳，但仍腳步踉蹌地站起來。

「……還早呢！」

看來他雖然受了點傷，鬥志卻仍十分充足。他從肩上解下大太刀，轉為掛到腰間，擺出相撲力士般壓低重心的姿勢。

只見熊徹雙手的紅毛發出「轟」的一聲豎起，接著全身的毛也接連豎起，身體膨脹成原來的好幾倍大。

「！」

我倒抽一口氣。

熊徹不折不扣地變成粗暴的野生熊。

一郎彥擔心地發出驚呼：「爹！」

「不用擔心。」

豬王山脫掉上衣一扔，手指放到地上。

他一身金黃色的毛應聲豎起，不僅如此，連手指都變成豬蹄。豬王山全身的毛與肌肉鼓起，變成一頭不折不扣的山豬。

兩頭怪物驚人的變化，讓我連話都說不出來。

但觀眾似乎都認為這種變化是理所當然的，看得十分開心，還不約而同像相撲主審似地喊

出：「發氣揚揚～」（註3）

「留住了！」（註4）

雙方都以四隻腳往前衝，頭與頭猛力撞在一起。

「咚」的一陣衝擊撼動地面，導致攤販上的葡萄酒杯也喀啷作響。

雙方巨大的身軀緊接著也猛烈地相互碰撞。

又是一陣劇烈的衝擊撼動廣場，掛在攤販店頭的魟魚乾被震得不斷彈跳。

第三度衝撞時，儘管反作用力震得雙方都身體後仰，但他們仍當場調整好姿勢，首次扭住對方。

雙方互不相讓而平分秋色的光景，就與相撲比賽一模一樣。

先發制人的是豬王山。他想用蠻力把熊徹推出圈外，但熊徹勉強用一隻腳撐住。雖然顯得跌跌撞撞，但熊徹仍勉強維持住平衡。接著，這次換他一步步用力往前推進。

「唔……唔喔喔喔喔！」

註3：相撲用語，意思約略等於：「預備～開始！」

註4：相撲用語，指雙方都還留在圈內，表示勝負未分。

豬王山被推得後退，滿頭大汗的表情一歪。

熊徹彷彿確信勝利來臨，嘴角一揚。

「唔喔啦啊啊啊啊！」

他在喊聲中一再往前推。

豬王山撐在地上的後腳，豬蹄在石版上一滑。熊徹肌肉鼓起的小腿儘管有些踩空，但仍一步步確實往前推。豬王山被推到幾乎要碰到廣場邊緣的攤販，才勉強定住腳步，但表情顯得痛苦猙獰。

觀眾發出哀號般的呼氣聲說著：「豬王山快要輸了。」「就要分出勝敗了嗎？」

熊徹滿臉汗珠，但仍不放鬆力道。

豬王山彷彿力氣已經用盡，難受地閉起眼睛。

就在這時——

「加油啊，豬王山！」

坐在父親肩膀上的怪物女孩大聲呼喊。

「！」

這一聲成了導火線，大群怪物們接連發出加油的呼喊聲。

「豬王山……豬王山……」

大群怪物不安的表情，隨著聲援不斷，漸漸轉變為高舉拳頭的大合唱。

「豬王山！豬王山！豬王山！」

全場清一色地為豬王山聲援。

「誰也……誰也不幫他加油……」

我由此感覺到熊徹在這座城市中是處於什麼樣的位置。

「他在這些怪物裡，孤苦無依……」

豬王山似乎從群眾的聲援中活了回來，猛然睜開眼睛，卯足剩下的力氣慢慢往前推。雖然速度很慢，但豬王山確實在往前推，而且他每前進一步，聲援都更加高漲。

「唔……唔唔喔喔！」

熊徹的表情看似不相信局勢會有這樣的反轉，但他確實漸漸被往後推。豬王山回推的力量不斷加強，等雙方回到廣場正中央，豬王山發出一聲呼喝，猛然將熊徹摔出去。

「嗚嗚！」

熊徹飛了起來，重重摔在石版上。他的身體在塵土中縮小，變回原來的模樣。

廣場上四處爆出喝采：「漂亮！」「真不愧是豬王山！」

豬王山也恢復本來的面目，肩膀起伏地喘著大氣起身。

相對的，熊徹則站不起來。他發出粗重的喘息聲，以顫抖的動作拉住腰間的刀綁帶，把大太刀拿到手上。

「你還想打嗎？」豬王山問。

「……我會打到打贏你為止！」

熊徹拿著刀鞘粗暴地解開刀綁帶之後，「鏗」的一聲把大太刀插在地上。

「別打了。」

豬王山的呼吸已經恢復平穩，這句話說得很冷靜。

熊徹拄著大太刀，好不容易才站起來。

「這不算什麼……還早呢！」

熊徹握住刀不放，上半身漸漸往前傾倒。就在大家覺得他是不是會這樣倒地時，他從壓低重心的姿勢加速往前飛奔，憑著一股蠻勁連刀帶鞘地舉起大太刀。

豬王山瞬間解開綁帶，連刀帶鞘地拔出刀，擋下這一擊。

雙方的刀鞘互擊，發出「鏗～」的長聲震動，熊徹的蠻力震得豬王山握不穩刀柄。熊徹卯足全力的第二刀揮了下來，豬王山連連退後，這次改用雙手接招。

「鏗～」的震動聲再度響起，豬王山連人帶刀往後滑。

「呼……呼……」

熊徹筋疲力盡，看似連站都要站不穩，但他仍然舉起大太刀。

豬王山也回應他的動作，舉刀備戰。

廣場上迴盪著大群怪物聲援豬王山的呼聲，但兩者之間彷彿受到寂靜所支配，雙方一動也不動，對峙持續良久。

打破這股平衡狀態的是熊徹。

下一瞬間，雙方的刀鞘猛烈互擊。

我仔細看著在壓倒性的豬王山加油聲中，拚命揮刀的熊徹。

「……」

勢均力敵的狀況並未持續太久，熊徹很快就落入下風。熊徹的臉頰悲慘地被刀打中，汗水彷彿雨滴似地濺在石版上。

「爸爸，幹掉他！」二郎丸高高興興地呼喊。

我就只是一直看著熊徹。

「！」

熊徹又中了一刀，腳步狼狽地踉蹌。雖然是挨下隔著刀鞘的攻擊，但他全身已接連被打出多處傷痕。

「啊啊……」多多良忍不住遮住眼睛。

百秋坊臉色蒼白地低呼：「熊徹……」

我咬緊牙關，一直看著熊徹。

「！」

熊徹的下巴被往上一頂。

怪物們預測豬王山將會得勝，情緒沸騰到最高點。

我看著眼前這情景，感覺到自己出於一種難以言喻的情緒而全身發抖。我再也忍不住了，再也沒辦法默默看下去。

於是，我扯開嗓門大喊：

「不要輸！」

「！」

熊徹驚訝地回過神來。

即使在喧囂聲中，我這句話仍然清楚地傳進熊徹耳裡。

怪物們狐疑地交頭接耳：「剛剛那聲是誰喊的？」「竟然會有人支持熊徹？」

熊徹滿身都是跌打傷痕，在廣場上東張西望。

然後，他終於發現了我。

我回應他的視線，從怪物群裡獨自大喊：

「不要輸！」

熊徹震驚地瞪大眼睛。

「……九……」

熊徹還來不及叫完我的名字，豬王山的刀柄就埋進他的臉裡。

「啪嘎」一聲巨大的聲響響起，熊徹雙腳離地飛了起來。

「啊啊！」

多多良與百秋坊發出慘叫。

「贏啦！」

一郎彥為父親的勝利而歡呼。

只見熊徹的身體慢慢飄在空中，接著往地面墜落。

就在這時——

「到此為止。」

這句話傳遍整個廣場。

熊徹的身體在地面彈跳。

一道有著兩個長耳朵的身影，不知何時來到現場，張開雙手擋在熊徹與豬王山之間。

豬王山驚覺過來，迅速將刀換到右手上，行了個禮。

「宗師。」

廣場上的所有怪物都急忙行禮。

被喚作「宗師」的身影是一隻兔子怪，是一名身材比熊徹與豬王山矮小、有著白髮白鬍鬚的老者。但他身上那件寬大而有衣領的搔卷（註5）有著華美的刺繡，比任何一個怪物的衣服都醒目。

「你們在做什麼？要比試還太早了。」

宗師以威嚴的態度這麼說完，像兔子一樣可愛地蹦跳了一下。

「我可還沒決定要當什麼神啊。」

豬王山進言：「宗師，請處罰帶人類進來的熊徹。」

「唔。你說要處罰，可是，你不是已經打倒他了嗎？」

宗師以溫和的眼神看著趴在地上的熊徹。

熊徹滿身是傷，身體一動也不能動，自言自語似地說：

「……不管誰怎麼說，那小子都是我徒弟。」

「喔喔，看樣子你下定了決心啊。」

聽宗師以裝傻的語氣這麼說，豬王山震驚地瞪大眼睛。

「您要容許例外嗎？說來遺憾，但熊徹扛不起這個責任！」

「責任由我來扛，畢竟慫恿他收徒弟的是我。」

不知不覺間宗師已經來到豬王山身後，似乎是用了一種瞬間移動之類的神奇法術。豬王山腦子裡一團亂，轉身訴說：

「可是，一旦被黑暗上身……」

「又不是所有人類都會被黑暗吞沒。」

還來不及眨眼，宗師已經出現在熊徹身邊。豬王山想抗議，卻只是被耍得團團轉。

「可是！為什麼宗師對熊徹就這麼好？」

註5：有袖子的長版和服睡衣。

豬王山還未說完，宗師不知何時已來到大群怪物的外圍。

「我說完了，解散。」

豬王山重重嘆一口氣。

「熊徹，你要感謝宗師寬大為懷。」

說完，他便大步離開。

廣場上的怪物也都三三兩兩地散去，回到各自的工作崗位。不知不覺間太陽已經西斜，換成午後慵懶的陽光。

我站在廣場上，獨自看著熊徹。

熊徹好不容易才爬起來，一看到我，就茫然地看著我好一會兒。

但下一瞬間，他尷尬地別開目光。

夕陽籠罩著澀天街。

滿身是傷的熊徹，垂頭喪氣地爬上回家的階梯。他不時停下腳步，因懊惱自己打輸而漫無目標地吼著：「該死！唔喔喔喔！」

我一直看著他的背影，保持一點距離跟著他。

等我抵達小屋時，太陽都下山了。

打開門一看，在一如我早上離開時那般凌亂的屋子裡，看到熊徹在沙發上睡悶覺的寬大背影。他背上的太陽紋，看上去就像夕陽一樣委靡不振。

我說：「你，挺強的嘛。」

熊徹把滿是傷痕的臉微微轉向我。

「你眼睛長到哪裡去啦？」說完，他又撇開臉。

我繼續說道：

「如果跟你在一起真的會變強，要我當你的徒弟也行。」

「……反正你還不是會跑掉？」

我不回答，把倒下的椅子扶起，坐下來看著籃子裡的蛋。

「這玩意兒還沒過保存期限吧？」

早上下的蛋，到傍晚理應還可以吃。我把蛋打進早上剩下的冷飯裡，抓起筷子用力攪拌。

熊徹聽到這聲響而抬起頭，隔著肩膀偷看我的舉動。

我猶豫了一會兒，但隨即閉上眼睛，做出覺悟，把生雞蛋拌飯毅然扒進嘴裡。

用力咀嚼兩、三下後，我討厭的腥味瀰漫整個口腔，讓我全身直冒冷汗，感覺很不妙，但

仍鼓足勁強行吞下去。

緊接著，一種想吐的感覺從丹田往上衝。

「嗚噁！」

但我仍然卯足力氣，轉頭看向熊徹。

「好、好吃！」

我已經自暴自棄了。管他腥味重不重，我全都要吃掉。看我連碗公也一起吃了。

不知不覺間，熊徹已經面向我，茫然看著我吃飯。

也不知道有什麼好笑的，他睜大眼睛，嘴角上揚。

「嘿嘿……好啊，九太！我會好好鍛鍊你，你可要做好覺悟！」

看樣子他已經把剛才的沮喪都拋到九霄雲外。熊徹後仰著上身，豪邁地哈哈大笑。

我根本沒有這種心情，邊和陸續來襲的嘔吐感對抗，邊眼眶含淚地吃個不停。

「嗚……嗚噁！」

「哇哈哈哈哈！」

熊徹的笑聲連屋子外面都聽得到。

於是，我從這天起成了「九太」。

徒弟

百秋坊教導我澀天街男性怪物居民共通的穿衣方式。

下半身穿七分褲且繫上腰帶，並把上衣衣襬塞進腰帶裡。他補上一句說，腰帶的結綁在左側而不是右側，才是熊徹風格的穿法。他還從市場幫我買齊了一套讓矮個子的我穿起來合身的舊衣服。

我在凌亂的衣帽間角落，把先前穿得已經有點髒的T恤脫掉，穿上米黃色的上衣、淡綠色的褲子，最後繫上朱紅色的腰帶。

我下定決心，今後就要在這些怪物裡過活。

熊徹在後院等我。

雖然叫做「後院」，但其實不是庭院。聽說這棟堅固的石造建築物以前是倉庫，但現在連屋頂都塌了，是個荒廢已久的廢墟。地磚縫隙間長出菩提樹的樹苗，灑落的陽光照出一小塊樹蔭，熊徹擅自將此處當成練武的地方。

多多良一隻手拄在長椅上打瞌睡，百秋坊則在他身旁用攜帶型的茶具泡著露茶。聽得見鳥兒鳴叫，看得見蝴蝶在風中翩翩飛舞，恬靜得幾乎令人錯以為是來野餐。

我換好衣服走進後院。

「喔，挺好看的嘛，九太。」

百秋坊誇獎我，但……

「不要吵。」

熊徹制止百秋坊，一臉不悅地看著換上練武服的我。大概是因為怪物的衣服穿在我這個人類身上，自然一點都不搭吧。我自己也對這身打扮很不適應。

熊徹彷彿表示「算了，沒關係」似地哼了一聲，左手拿起就只是折斷樹枝而成的棍棒擺出架式。

「我來示範，看好了。」

看來他是要演示一套刀法。我緊張地注視著。

熊徹舉起棍棒擺出上段姿勢，然後發出「咻」的一聲往下揮。

「！」

一陣突如其來的強烈風壓吹得我整個人往後仰，枯葉與枯枝一起飛上空中。每當熊徹將棍棒往上或往水平方向一揮，稍後空中的枯葉便會轉換方向飛舞。這是一股強得能夠瞬間引發類似龍捲風現象的力道。但力道雖強，棍棒前端劃出的軌道卻極其流暢而美麗，沒有絲毫多餘的動作。感覺好像在看一場用真刀進行的演示。只憑一根木棍，為什麼做得出這種事？

「……」

我啞口無言，說不出話。

「了不起、了不起。」多多良大聲鼓掌。「除了豬王山以外，再也沒有第二個像他這樣的天才啦。」

這句話連我這個外行的小鬼頭也不得不認同。真不知道要歷經多少修練，才能把一根棍棒使得如此流暢。

熊徹把棍棒朝我扔過來。

「懂了嗎？懂了就練。」

「咦？你叫我練……」

練剛剛那招？等一下，我怎麼可能辦得到？想也知道辦不到吧。

我正要這麼回答……

「九太，加油。」

百秋坊泡著露茶，笑咪咪地鼓勵我。

我驚覺過來。既然已決定要在這裡過活，就算辦不到也要練。

我做出覺悟，依樣畫葫蘆地揮動棍棒。

「嘿！呀！呀！」

先前在熊徹手裡揮舞起來宛如小樹枝一般輕的棍棒，在我手上卻重得像鐵棍，但我還是竭盡全力揮舞。想必我就連依樣畫葫蘆也沒畫好吧，可是我不管那麼多，使著蠻勁硬揮。揮著揮著，棍棒忽然脫手而出。

「啊！」

棍棒在地磚上彈跳著，發出「喀啷」幾聲空虛的聲響。我聽見多多良忍俊不禁地噗哧一聲笑出來。

熊徹什麼都不說，一直看著我。

我難為情得臉上幾乎要噴出火來。

但我不認輸，撿起棍棒繼續揮舞。

「嘿！呀！呀！」

我努力用比剛才更大的動作揮舞，結果棒頭轉了個圈，往我大腿打個正著。

「痛痛痛痛！」我按住腳蹦跳了幾下。

熊徹什麼都不說，一直看著我。

我冷汗直冒，滿臉都是汗水。

但我不認輸，不，是賭起氣來，一再揮動棍棒。

「呀！呀！」

「……別練了。」

「呀！呀！」

「別練了！」

熊徹大吼一聲制止我

我十分難為情，好不容易才抬起頭看向熊徹，但還是盡可能倔強地說：

「有、有哪裡要改？」

聽我這麼說，一手拿著茶碗的多多良故意說給我聽似地諷刺：

「哼，哪裡要改？真好笑。」

「有、有什麼辦法，我第一次練武啊。」

「嘎哈哈！第一次！人家第一次嘛！嘎哈哈！」

多多良胡鬧著，毫不留情地嘲笑我，笑聲迴盪在後院中，令我啞口無言。多多良是替熊徹說出了心聲，這麼說也是難免。百秋坊則不忍心地幫我緩頰：

「哪有只叫人練就練得好呢？熊徹，你要從頭好好講解啊。」

「講解？」

「這不就是師父的職責嗎？」

熊徹思索了一會兒。

「……真沒辦法。」

熊徹嘆一口氣，開始他的「講解」。

「首先啊，不是要把刀這樣咕地用力握緊嗎？」

「嗯。」

「然後咻地揮下去。」

「揮下去。」

「砰。」

「……」

聽到這番只是列出幾個狀聲詞的講解，讓我啞口無言。

然而……

「怎麼樣?懂了吧?」

熊徹卻說得心滿意足，彷彿在對我說：「夠簡單吧?」看樣子他是認為自己已經講解得很透徹了。

「咦……?就、就這樣?」

我這麼一說，熊徹的表情立刻轉為黯淡。

「不，就跟你說。」

「嗯。」

「咕地用力握緊。」

「握緊。」

「咻地揮下去。」

「揮下去。」

「砰。」

「……」

「懂了吧?」

熊徹說完看了我一眼，用眼神對我說：「這樣講總該懂了吧？」但我一點都不懂。不懂歸不懂，還是只能試試看。

「咕……咕？」

「不對，就跟你說——」

感覺得出熊徹的語氣開始越來越不耐煩。

「咕！」

「咕？」

「不對不對，要咕～地握住。」

「咕、咕～地握住？」

「不對不對不對。咕嗯～！」

「咕嗯～？」

「不對不對不對不對，咕嗯嗯～！」

「咕嗯嗯～！」

「咕嗯嗯嗯～！」

「咕嗯嗯嗯嗯～！」

「不對！不對不對！完全不對！受不了，真是個不開竅的小子。」

——不開竅的小子。

熊徹這麼說或許是出於無心，但對我來說卻不是這麼回事。這句話射穿了我勉強維持住的自尊心。

這一瞬間，我被怒氣沖昏頭。

「……誰練得下去啊！」

「什麼？」

「師父這樣教，徒弟怎麼可能練得會！」

「別廢話，練就對了！」

「不要！」我轉過身去。

「給我練！」

「我不要！」

「可惡，該死！」

熊徹氣得雙手在頭上亂抓。

百秋坊居中調解。「九太是初學者，你要講解得詳細一點……」

「好啦好啦我知道了！那我就好心地仔細說給你聽！」

熊徹抓著自己胸口，朝我靠過來。

「要在胸中握刀！胸中不是有一把刀嗎！」

「啥？哪會有那種東西？」

「胸中的刀才是最重要的！這裡！就在這裡啊！」

他瞪大眼睛，連連拍打胸口，懇切地對我訴說。

「知道了就練！」

「……」

「快練！」

「……」

熊徹似乎耐心在等我回答，但我嚥不下這口氣，不轉身也不回答。

過一會兒，他啐了一聲，轉身走出後院。

「熊徹，你要去哪裡？」

百秋坊驚覺地站起身，追向大步走遠的熊徹。

「那傢伙是怎麼啦？大吼大叫的。熊徹，等等我。熊徹……」

熊徹與百秋坊的身影漸漸消失。

「說什麼胸中的刀咧，白痴。」

我忿忿不平地拿著棍棒胡亂揮舞。那傢伙是怎樣？老是講些莫名其妙的話，根本就沒有好好講解，只會大吼大叫。而且才練幾下就說我「不開竅」？開什麼玩笑！隨隨便便就下定論。他又了解我什麼？該死！笨熊。該死、該死！

「你啊……回家鄉去吧。」

獨自留下的多多良突然對我這麼說。

「咦？」

多多良已經不再發笑或胡鬧，口氣十分沉重且嚴肅。

「拜師這回事，一修練往往就是要花費個五年十年。你就這麼點覺悟，哪可能當得了熊徹的徒弟？如果只是想養活自己，回人類世界去找人照料你吧。」

我完全無法反駁。

「……」

「這裡沒有容得下你的地方，知道了就自己離開吧。」

多多良站起來走出後院。

只剩我獨自被留在原地。

吃過早餐後，熊徹的房裡空空蕩蕩的。

前院有雞在啄食飼料。閒晃過來的百秋坊邊用圓扇搧著風，邊翻閱佛經。

但哪裡都找不到熊徹的身影。

「……他呢？」

「誰知道。說是有兩、三天會不在家……」

百秋坊抬起頭來四處看了看。

我下定決心問道：

「告訴我。徒弟要做些什麼？」

「怎麼突然問這個？是為了昨天的事嗎？」

「……也沒有。」

我嘴上這麼說，但多多良的話重重壓在我心頭是事實。也就是說，只要我仍懷著自己是初學者、是小孩這種天真的想法，那就無法開始。

「我想想，首先應該是打掃、洗衣服、做飯吧？」

百秋坊簡單地對我講解徒弟的種種工作，還簡潔地為我示範各種工作的步驟和訣竅。

我照他的話，把熊徹掛在牆間晒衣繩上的那些衣服一一扯下來拿到外面，又把屋子裡的傢俱、地毯、空瓶、鞋子之類的東西全都搬去前院。

熊徹家沒有吸塵器這種東西，我便拿起掃把打掃。灰塵的量非同小可，要不是臉上纏著毛巾根本待不下去。百秋坊連連咳嗽，連熊徹養的那些雞都連忙逃出去。這裡到底有多少年不曾好好打掃啦？

有些髒汙附著在地板與牆壁上，用掃把掃不乾淨。主要都是從空瓶灑出來的酒或蜂蜜乾掉而形成的汙漬。我往屋裡潑水，讓整片地板都泡在水中後，爬在地上用毛刷一一把這些髒汙處刷乾淨。

隔天，我先把堆積的大量衣物依照材質分門別類後，開始洗衣服。屋子裡當然沒有洗衣機，我把衣服泡進淺木桶裡吸過水，然後拿到洗衣板上用力刷洗。這是我第一次見到洗衣服用的洗衣板。手指指腹的皮膚很快就泡得鬆弛發皺。

百秋坊每次都以簡短的幾句話，適切地告訴我該怎麼用掃把掃地、怎麼把抹布擰乾、怎麼用毛刷刷地、怎麼用洗衣板洗衣。但他多半是顧慮到我的立場，並不會幫忙我做這些徒弟該做的工作，就只是靠在門口或是在窗邊拄著臉頰，看著我做事。

這一天是個直到地平線都萬里無雲、適合洗衣服的大晴天，我把洗好的衣服晾在屋頂的晒衣場，百秋坊則坐在我身後的椅子上用圓扇搧風。

「你就別管熊徹了。他雖然動不動就會發火，但隔天便會忘得一乾二淨。你對他過意不去根本是白搭。」

「就說不是這樣了。」

「你這樣衣服會皺喔，要甩一甩。」

「啊。」

我照他的建議，仔細甩一甩衣物。

隔天早上，我出門去採買。

在攤販工作的怪物們，似乎從一大早就忙著準備。

我在廣場的一角看到豬王山，他正對大群徒弟下達指示。照百秋坊的說法，豬王山是兼任澀天街議員的名流，他統領的武術館「見迴組」還負責澀天街一部分的警察工作。他的側臉看來非常靠得住，對徒弟們又和顏悅色。如果是那樣的師父，相信不管是誰都會願意拜他為師。

上午的廣場有早市，形形色色的陽傘下堆滿各種蔬菜與水果。由於是農家直接運來早市上販賣，也就能以比攤販便宜一點的價格買到。我拿著百秋坊交給我的清單與錢，在市集裡繞了

一圈。商店老闆們以摻雜好奇與歧視的視線盯著我。

「我還是第一次賣東西給人類呢。」

「是嗎？」

在另一家店裡，兩名年邁的女老闆出於興趣對我問東問西。我不想多嘴，簡單回應著接過要買的東西。

「人類啊，你要待到什麼時候？」

「誰知道呢。」

妳問我，我問誰啊？我雙手捧著裝得滿滿的籃子離開，就聽到兩名女老闆像是故意說給我聽似地說：

「什麼嘛？真冷漠。」

「就是啊，真拿人類沒辦法。」

兩名女老闆似乎很不自在，但我也一樣不自在啊。

如果只有這樣，那還算好的。

回程的路上，我被豬王山的兒子二郎丸以及他的一群同夥圍住。他們露出不懷好意的笑

容，想把我帶去別的地方。我無可奈何地跟著他們走，結果來到一個不會有大人注意到的地方——學校的運動場。

二郎丸突然往我背上用力一推。

「你這個臭人類！臭怪獸！」

二郎丸連連往我背上推。我雙手得顧著籃子，整個人宛如一隻青蛙，被推得倒地。從籃子裡掉出來的蔬菜四散在運動場的沙地上，我的臉頰與嘴唇都擦破皮，因此嘗到血的滋味。

二郎丸站在他這群大聲嘲笑我的同夥正中央，得意地雙手抱胸。相信這些傢伙的頭頭就是二郎丸。

「我聽到爸爸說的話了，說人類遲早會變得誰也治不了。」

「是喔？」

「這沒什麼，我現在就幫爸爸治了你。」

就在二郎丸舉起拳頭時——

「住手，二郎丸。」

一郎彥制止了他。

「哥哥。」

「這麼弱小的傢伙，哪裡會變成怪獸？」

「我看到弱小的傢伙就覺得火大啊。」

一郎彥扶我站起來。

「下次我弟弟再欺負你，就來跟我說。我會罵他。」

他和顏悅色地說完，幫我撿起散落在地上的東西。

在後面看著的二郎丸大吼：「你敢告密試試看，我可不會放過你！」

「二郎丸，別說了。」

「哥哥可是很強的。他就像仙人一樣，不必用手碰觸就能讓東西飛起來。」說完，二郎丸立刻央求他哥哥說：「哥哥，你露一手給那小子看看嘛。」

「不行。爹不是說過嗎？力量不是用來炫耀，是用來做好事的。」

一郎彥仰望天空，滿懷嚮往地這麼說。

「雖然我還是小孩，但我會好好修行，遲早有一天要像爹那樣長出長長的鼻子與大顆的牙齒，成為一位像他那樣了不起的劍士。」

二郎丸看著這樣的哥哥，雙眼閃閃發亮。

「我也要！我也要變成像爸爸一樣帥氣的劍士！」

一郎彥說「該走了」，轉身帶著弟弟與同夥們離開。

我撿起地上的東西後，轉身看了一郎彥一眼。

他對弟弟說話時，側臉看來十分爽朗；在長著耳朵的帽子下方，可以看到白嫩的皮膚與端正的鼻梁、充滿自信的眼睛。他是怪物孩子裡的模範生嗎？

我懊惱得不得了。

不是因為被二郎丸推倒，也不是因為被他的同夥們嘲笑。

而是因為一郎彥說我是「這麼弱小的傢伙」。

沒錯，我的確很弱小。

「……該死！」

我心想：我要變強，能變多強就要多強。

這天晚上，熊徹一回到屋子裡就大吼大叫。

「這是怎麼回事？是誰？是誰擅自整理我家！」

「是你徒弟。」

百秋坊說得若無其事。還說熊徹這幾天不在，屋子乾淨得簡直讓人認不出來，他應該要稱

讚徒弟才對。但熊徹似乎看不順眼，踢開布簾探頭進廚房裡，露出惡鬼般的表情大吼：

「不要多管閒事！」

我正在把紅燒菜從鍋子裡裝到餐盤上，低著頭盡量不讓熊徹看到我的臉，但這樣似乎反而讓熊徹發現了。

「啊……？你臉頰上的傷是怎麼回事？」

結束工作的多多良閒晃過來，一起坐上餐桌。

說穿了就是這三個怪物都是沒有家人的單身漢。儘管各自有各自的地方睡覺，但會跑來熊徹家，把這裡當成聚會的場所，一起吃飯或是喝茶、喝酒。這是他們從以前就有的習慣。

百秋坊教我做的紅燒菜看似平凡無奇，其實非常費工。材料有乾香菇、雞肉丸、蒟蒻、板豆腐、蘿蔔、地瓜還有胡蘿蔔，這些都要分開煮。先煮的食材熬出的高湯再用到下一種食材上。照百秋坊的說法，這樣才不會讓所有食材吃起來的滋味都一樣，可以呈現出各種食材纖細的滋味。

不過我費了好一番功夫才好不容易煮得入味的紅燒菜，熊徹也不怎麼仔細品嘗滋味，接連扔進嘴裡。

「是被二郎丸打的？哼，沒出息。只挨打不還手，你都不覺得可恥嗎？聽了都受不了。唉唉，真是的。」

我火大了。

「……我的確是沒出息又弱小，你說得沒錯。」

「知道就好。」

「那我也要說幾句話。你自己又怎麼樣？」

「啥？」熊徹夾起蘿蔔的筷子當場定住。

「他早起，你睡到中午。他很忙，你很閒。你很閒卻什麼都沒做。」

我遷怒到他身上，故意數落他。

熊徹夾著蘿蔔的筷子頻頻顫抖。

「你說的『他』是指豬王山？」百秋坊問。

「他很忙卻很細心，你很閒卻粗心又馬虎。」

「……你想說什麼？」

「我很清楚你之所以贏不了他的理由了。」

我這句話成為導火線，熊徹用筷子夾住的蘿蔔頓時被夾成兩半。

「你這臭小子說什麼！」

而熊徹的怒吼則成了我拔腿跑出屋外的導火線。熊徹橫眉怒目地追過來。

「給我慢著！你再說一遍試試看！」

我繞了一圈，又從前院入口進到屋子裡，熊徹也跟著我跑進屋內。我隔著餐桌發洩不滿。

「不管要我說幾遍都行！你爛透了！」

「什麼！」

「你們兩個都冷靜一點。」

百秋坊想勸解，但熊徹根本聽不進去，多多良則捧著碗筷躲到牆邊避難。我又跑出屋外，繞了一大圈。跳出來的熊徹也跟著繞了一圈。

「你這小子以為你是什麼人？竟然對師父說這種話！」

「是師父就該有師父的樣子！」

「什麼？」

「只因一點小事你就氣昏頭。」

「喂！」

「三兩下就說辦不到然後放棄。」

「竟然敢對我有意見，你膽子挺大的嘛！可是啊，徒弟只要閉嘴乖乖聽話就行了！」

「我才不要！聽你的話會傳染到你的愚蠢！」

「你這小子給我閉嘴！」

「九太，原諒他。」百秋坊悲痛地呼喊。「熊徹就是太笨拙了，還請你多多包涵。」

「熊徹，我們到外面去吧？好不好？好啦。」

多多良出言安撫，把發脾氣的熊徹帶到山坡下。

＊

『……那時候熊徹氣得可厲害了。他實在太懊惱，甚至還跺著腳說：「我可是已經盡力好好教了，可是那小子他！」所以我就對他說：「你也學夠教訓了吧？趕快放棄他啦。」但熊徹的怒氣還是不消。離開他的房子走下石階後，不是有個地方牆上有塗鴉嗎？就是只有一盞路燈亮著的那裡。熊徹就在那處樓梯間走來走去，對我嘮叨個沒完。

「要知道我也不是閒著沒事。我要做劈柴、水泥工、摘茶之類的零工來賺錢，而且得多賺那小子的一份。」

「那你就別再當他的師父啦，這樣比較好。」

「我為什麼就得讓他數落成這樣？是不是？你也這麼覺得吧？」

「你說得對。」我盡可能站在熊徹的立場幫他說話。「現在你知道，像你以前那樣孤家寡人的生活有多逍遙了吧？孤家寡人很棒啊，什麼麻煩事都沒有，也不用扛責任，更不會因為聽到實話就生氣。」

「嗚……」

熊徹全身一僵。沒想到他還挺敏感的。

我聳聳肩膀。「哎呀，我說溜嘴了。」

「可惡！唔喔喔喔！」

熊徹氣不過，雙手連連出拳。

就在這時候……

「夜這麼深了還在練武，真令人佩服啊，熊徹。」

宗師不知是何時坐在路燈下的一張小椅子上。

「宗、宗師！」熊徹吃了一驚，退開一步。

「給徒弟看到自己努力的模樣，讓徒弟學習，這是好事。」

「嗚……是、是的……我就是這麼想。」

「很好。我給你這個當獎賞吧。」

說著，宗師遞出幾個信封。

「請問這是什麼？」

「推薦函。」

「推薦函？」

「你就帶著徒弟走一趟巡迴諸國之旅吧。只要拿著這些信，去到各國都能馬上見到各地的宗師。」

「可、可是……」

「他們是一群聞名天下的賢人，應該可以幫助你們掌握到一些線索，讓你們知道什麼才是真正的強。」

「不，可是……」

「祝你們旅途愉快。」

「啊……」

宗師留下還一頭霧水的熊徹，又在不知不覺間消失無蹤。

我爬上石階，彷彿故意說給熊徹聽似地自言自語：「唉，難得有個好機會可以甩掉那個小鬼頭。結果宗師的吩咐下來，那可不能拒絕了。」

所以呢，我們就這樣決定踏上旅程……』

『就算是宗師吩咐要帶徒弟去旅行，但總不能讓還在吵架的熊徹跟九太自己去。無可奈何之下，我和多多良也只好同行。結果他們兩個就連走在大道上的時候也一直在爭執，真的是讓人傻眼。

在鬱鬱蔥蔥的原始森林裡，熊徹宛如猴子一般自在地來去如飛。

相對的，九太則喘著大氣，光爬上樹就讓他費了九牛二虎之力。可是只要他一慢……

「太慢了！」

熊徹就會催他，所以九太只能拚命跟上。

多達幾百階的石梯，熊徹也是輕輕鬆鬆就蹦蹦跳跳地跑上去。

九太筋疲力盡，只要一停下來想休息……

「太慢了！」

他就會這樣挨罵。

雖然我叫他不要在意，慢慢爬就好，但九太嚥不下這口氣，硬要站起來。相信他一定非常難受，但多半是經歷過這一段，才讓九太的體力大有進步。

我們幾個本來就沒什麼盤纏，所以不住客棧之類的地方，都是在野外過夜。不過我們不愁沒東西吃。在有瀑布注入的溪流中看到魚兒的影子時，熊徹輕輕把頭沉入水裡，下一瞬間就接連把許多條虹鱒抛上岸來，漁獲量轉眼間就多到讓我們吃不完。用鹽烤的虹鱒與自己帶來的味噌所煮的湯，讓我們吃得津津有味。滿天星斗之下，大家一起圍著火堆品嘗的夏季美味，吃起來別有一番滋味。然而，這種悠哉的時間與熊徹無緣，他抓起虹鱒就從魚頭大口咀嚼，還對慢慢吃的九太催個不停。

「太慢了！太慢太慢太慢！」

於是九太也開始賭氣，像要跟熊徹比快似地大吃起來。多多良勸他們至少吃飯時可以慢慢來，他們根本聽不進去……

『起初我們去到的是一座位在隆起的台地上、建築物蓋得密密麻麻的奇妙城市。雖然地處荒野，卻因為獨到的花草栽培技術而聞名，城內還有很大的花市。如果說澀天街是布城，那裡就是花城。

一拿出推薦函，他們立刻帶我們到身為宗師的庵主所住的洞窟。一位貌似阿拉伯狒狒的賢人，披著披風坐在一棵垂落大量藤花的藤木上。

「冒昧請教，敢問何謂強大？」百秋坊恭敬地詢問。

這名阿拉伯狒狒賢人是名揚天下的幻術大師。

「強大？像我雖然力氣小，可是你們看，我可以創造幻影。」

說著，他遞出手掌上的玫瑰花。

只見一隻指頭大小的蝴蝶飛來，停在這朵花的花瓣上。緊接著，兩者在一瞬間合而為一，蝴蝶的翅膀成了玫瑰花瓣。

阿拉伯狒狒賢人露出笑容，宛如愛惡作劇的小孩。

「不要小看幻術，幻象有時比真相更為真實。」

九太看著這隻神奇的花瓣蝴蝶看得出神，忍不住伸出手。他的手指輕輕一碰，小小的蝴蝶當場變得比我們還巨大。

「哇！」

即使明知是幻影，我們還是嚇了一跳。

「這就是強是也，咈咈咈。」

阿拉伯狒狒賢人十分開心，笑得牙齒都露出來。

但只有熊徹這傢伙，從一開始就一副對幻術這種東西沒興趣的模樣，撇開頭不看……』

『……接著我們拜訪的地方，是一座位在叢林裡的大空洞邊、一棟棟住家攀附在懸崖上而成的城市。

只要看看這座城市的產業，立刻便知道為什麼會挖出這麼大一個洞。這裡是以陶器聞名的土地，能夠挖出適合燒製陶器的優質陶土。從露天採掘的洞口大小，便能夠窺見這座城市漫長的歷史。

這座城市的宗師是一名年老的長毛貓賢人，他以念動力讓有著各式各樣彩繪圖案的巨大陶器呈螺旋狀飄在空中。怪物的世界雖大，但擅長用念動力的仙人卻幾乎從來沒有機會見到。長毛貓賢人對吃驚仰望的我們說：

「強？追求這種東西有什麼用？我會一點念動力，但無論多麼強大，還是有贏不了的東西。那就是……」

「那就是？」九太追問。

「你，不好意思。」

「什麼？」

「可以幫我按摩一下腰嗎？念動力對腰痛不管用啊，痛痛痛。」

長毛貓賢人頻頻眨著積了眼屎的眼睛，難受地揉著腰。

只有熊徹對念動力毫無興趣，撇開頭不看……

『……下一座城市是建在呈漩渦狀、宛如迷宮般的森林裡，不管怎麼走，都只看到幾千幾萬尊羅漢石像排列在小路旁。

我們不知道賢人之庵在哪裡，總之看到像是寺院裡會有的高塔後就朝那方向走去，但徒弟們說賢人不在這裡。我們詢問賢人在哪裡，徒弟就閉上嘴不再說話。看樣子這就是這座城市的作風。我們只好在同一條路上來來去去，走了不知道多久的路到處找，但還是找不到。正當我們在路旁一尊羅漢石像旁束手無策時，忽然發現一位衣服破破爛爛的僧人，坐在長著青苔的兩尊羅漢石像之間，就好像是被石像夾住似的。沒想到這名僧人就是賢人。

這位表情如同大象一般平靜的賢人，維持著打座的姿勢不動，用像是石頭摩擦般的嗓音靜靜地說：

「強？找我問這個就錯了。我只是無論風吹雨打，都像石頭般坐在這裡不動罷了。」

「請問是為什麼呢？」百秋坊問。

「為了忘記時間、忘記世界，甚至連自己都忘了，超越一切現實。也就是……」

「也就是……啊？」

九太問到一半，注意到一個變化。

剛剛還在說話的賢人，不知不覺間已變成長了青苔的石像。

「變成石頭了。」

百秋坊喃喃說道。

我們都不約而同地雙手合十，朝沉睡的賢人拜了拜。

但熊徹只在一旁挖著鼻屎，根本不看我們一眼……』

『……我們在小舟上搖搖晃晃了好一陣子，在一塊從海中凸起的奇怪島嶼岩岸上，看到一座類似寄居貝的城市。

這座城市的宗師，是一名頭戴草帽、長著一張海獅臉的賢人。他從島嶼頂端的露台，把釣魚線垂到幾百公尺下方的海面上。

「強？我不達觀。」

這位面相貪婪的賢人說完，彷彿施展魔法似地釣竿一甩，然後張開大嘴迎接釣起的錦鰤。

「比誰都更快釣起獵物，嘗遍世界上所有東西，那就是贏家。」

他用鋸齒般的牙齒，從魚頭咬碎錦鰤細細品味，同時笑咪咪地說出這番道理。

「只要一有破綻，就儘管咬上去。也就是說……」

「也就是說……」

賢人突然眼睛一亮，吞了吞口水。我和九太立刻感覺到危險而退開，但多多良晚了一步。

只見賢人以驚人的速度甩動釣竿。

「有破綻！」

多多良輕而易舉地被釣了起來。他趕緊掙扎，但為時已晚，只留下外套，整個人劃出一道美麗的弧線，飛往賢人張大的嘴裡。

「啊啊啊啊！」

多多良命在旦夕，眼看就要送命……結果賢人卻不理會多多良，只把釣起的外套送進嘴裡，大聲咀嚼。賢人對嚇得發抖的我們露出笑容說：

「放心吧，我不吃客人。」

他彷彿是要我們親身從殘酷的現實世界中學習。

這時，我聽見熊徹在我身後打了個大大的呵欠……

『……沉重的夕陽眼看就要落入地平線。

我們為了踏上歸途，踩著沉重的腳步走在荒野上。

「每個人都只顧著說自己的觀點，說的話都不一樣。」

百秋坊嘆了口氣，發起牢騷。

熊徹轉過頭來，露出一臉不屑的表情。

「看吧，聽那些痴人說夢話，只會迷失自己而已。」

我心想，開什麼玩笑，我可是差點被吃掉了耶。

然而，只有九太顯得神采奕奕，一手拿著他記錄這趟旅程的筆記說：

「強這回事有各種不同的意義啊，不管是哪一位賢人說的話都很有意思。」

熊徹果然不放過這句話，回道：

「哼～那你乾脆坐到書桌前唸書去吧。」

「是啊，這樣還有意義多了，至少不會有不知道哪來的誰講什麼咻啊、咕啊的。」

「意義這種東西要自己去找出來！」

「你明明就是講解不出來！」

「還不是因為你不開竅嗎！」

唉，又開始啦。

「你們兩個，真的是只有吵架的體力永遠用不完。」百秋坊一臉疲憊的表情這麼說。

真的是這樣。真是的，饒了我吧，我累了啊……』

『……那天晚上，我們決定露宿荒野。

熊徹與九太連在吃晚餐時也在鬥嘴，於是我們決定把兩頂帳棚搭在離彼此遠一點的地方。

滿天星斗之下，我負責顧火堆，直到九太睡著為止。

九太踩著無力的腳步從帳棚裡走出來。他已把旅途中所穿的套頭披肩讓給外套被吃掉的多多良。而這時雖說是夏天，但夜晚的荒野仍然很冷。

「你睡不著嗎？」

我邊往茶壺裡倒入熱水邊問他。

九太抱住膝蓋，默默注視著營火。

「……我是不是果然沒有才能呢？」

「你一直把這件事放在心上啊？」

「他說我不開竅。」

「我倒不這麼認為。不管是打掃還是洗衣服，你明明什麼都沒學過，但我只稍微指點一下，你立刻就掌握住訣竅。你老實、勤勞，而且學得很快。」

「可是……」

我把露茶倒進茶碗裡交給九太，從工具箱裡拿出另一個茶碗給自己用。

「問題是出在熊徹身上。你看看他的招式，根本亂七八糟，但也很有獨創性。你知道這是為什麼嗎？」

「……為什麼？」

「他沒有爸媽，也沒有師父。」

「咦？」

「他是自己變強的，不由自主地變強了。這就是他的才能，也是他的不幸。他誰的話都不聽，相對的，也沒有誰可以給他適切的建議。」

「……原來是這樣。」

我喝了一口露茶，接著說：

「可是，他說的話有時候會讓人有種恍然大悟的感覺。」

「是指『強的意義要自己去找出來』這句話嗎？」

「對，我覺得有道理。」

「……」

九太不再說話，一直凝視著自己的茶碗……』

『……同一時間，我和熊徹躺在帳棚裡，看著吊在頂端的油燈燈火。

「我不知道要怎麼教才好。」

熊徹有氣無力地說。

「真沒想到天下無雙的熊徹大爺，會這麼執著於一個惹人厭的小鬼。」

我捉弄熊徹幾句，他就趕緊否認。

「才、才不是這樣。」

「不過要說惹人厭，你小的時候也不輸他啦。明明很弱小，偏偏只有一張嘴不認輸。」

「那時候我只是沒碰到什麼像樣的師父罷了。」

熊徹忿忿地說。

「我記得除了宗師以外，根本沒人理你啊。大家都說你是個不聽話的麻煩小子，三兩下就放棄你了。」

「可惡！那些傢伙爛透了，我一想到就生氣！」

「是啊，就和現在的你一模一樣……喔，我多嘴了。」

「嗚……」

我用九太讓給我的套頭披肩裹住自己，閉上眼睛。

「也好啦，我是覺得那種小鬼最好趕快消失，不過……如果你還想繼續當他的師父，最好從頭回想看看，想起你小時候是希望別人怎麼對你。那麼，晚安……」

但熊徹仍未入睡，似乎一直注視著油燈的燈火……』

修行

「啾！啾！」

小不點蹦蹦跳跳地看著我，一副要我陪牠玩的模樣。

但我現在沒這個心思。

「意義要自己去找出來……是吧？」

從旅行回來後，熊徹這句話一直迴盪在我腦海中。

我隱約懂得他想說什麼。變強的方法，不應該是靠別人一步步教會，也不會寫在課本上，而是不依靠任何人，自己仔細觀察周遭，由此找出線索才行。的確，沒有一個人類（或怪物）會和別人一模一樣，而且強不強也是因人（或怪物）而異。說穿了，就是非得由我自己找出我的「強」不可。只是，雖然知道這個道理……

「還是不知道答案啊……」

今天大家都出門了，沒有人在家。我獨自躺在屋子裡，窗外可以看到雨滴從屋簷滴落。

小不點爬上我胸口。

「啾啾啾。」牠像在撒嬌似的，蹦蹦跳跳的模樣很惹人憐愛。

小不點，我現在滿腦子都在想別的事情。晚點我會陪你玩，可以請你等我一下嗎……就算說出來，小不點應該也聽不懂吧。

我把自己當作小不點，縮起身體說：

「啾！啾！啾……這是模仿小不點。」

「啾？」

小不點張大了嘴，頭用力歪向一邊。

咦？不像嗎？不行啊，啊哈哈哈。

就在這個時候，我聽見了有人說話的聲音。

——變成對方。當作自己就是對方——

「！」

我嚇了一跳，因為我覺得聽見了媽媽的聲音。

我起身往屋子裡四處看了看。屋子裡除了我和小不點以外，當然一個人都沒有，只有雨滴在窗外靜靜地灑落。

「……剛剛是你在說話？」

我試著對小不點問道。

「啾！」

小不點眨眼回應。

剛才的說話聲是從哪裡來的？這時，我想起大概在我讀幼稚園的時候，媽媽看到我模仿爸爸的一舉一動，就說：「蓮一定是把自己當成了爸爸。」

「……變成對方。當作自己就是對方……是吧？」

我決定試一試某個心血來潮想到的點子。

熊徹在前院扛著大太刀。他只穿著六尺兜襠布，再披上一件外套，穿得很休閒。

我從屋子裡仔細看著熊徹。

「變成對方……」

我對著自己說道。所謂心血來潮想到的點子，就是我決定把自己當作熊徹，試著模仿他練武時的一舉一動；而且還要暗中模仿，不要被熊徹注意到。

熊徹用右手舉起大太刀擺出架式。我也用右手舉起掃把當作刀，擺出架式。

熊徹迅速將大太刀往左一掃，我也拿著掃把往左一掃。

熊徹往右揮，我就跟著往右揮；他往左揮，我也跟著往左揮。

熊徹完全沒注意到我，一直揮著大太刀。好，相當不錯。我連任何一個小動作都不想錯過，照學不誤。

接著……

「嗯～」

熊徹沉吟一聲，忽然放下刀，一隻手搔了搔露出來的屁股。

熊徹練武中的任何動作都非得模仿不可，我趕緊搔了搔自己的屁股。

接著……

「呼啊啊啊啊啊。」

熊徹邊搔著屁股，邊打了個大大的呵欠。

我注意到他的動作，強行張開嘴巴打呵欠。不管是什麼樣的動作都非得模仿不可。不管是什麼樣的動作……

「嗯？」

熊徹毫無前兆地朝我轉過頭來。真的是動物的直覺啊（雖然他真的是動物）。

不妙，被發現了嗎？我趕緊躲到屋子的牆壁後面，屏住呼吸。

熊徹似乎覺得有種莫名的尷尬，邊搔著後腦杓邊朝小屋裡看了好一會兒。然後……

「嗯～」

他沉吟著走掉了。

看來並不是被他發現了，我吁了一口氣。

我在搞什麼啊？這就是修行嗎？

在模仿之前，得先小心別被他發現才行。可是在這小小的屋子和前院裡，要不被他發現是不可能的。那麼，我該怎麼辦……

熊徹獨自占用整個前院在練武。

他先假定了敵人存在，持續揮舞大太刀、使出腳踢。不只是用刀，還加入大量的拳打腳踢，這是熊徹獨特的風格。他身軀雖然龐大，動作卻很流暢，找不出任何破綻。我根本無法暗中模仿，但光是看著也不是辦法。

「……嗯？」

我忽然注意到一件事。前院的地磚上，有著一個個因為熊徹打赤腳練武而以汗漬留下的腳印。熊徹一再重複同一套招式，腳步始終踏在正確的位置上，沒有絲毫偏差。

我在腦子裡把地磚上縱向和橫向的腳印代換成數字，牢牢記住位置。

到了晚上，我確定熊徹睡著以後，悄悄來到前院，用粉筆圈出我記住的腳印位置。

我試著照他的腳印走，但由於我們的體格不一樣，每一步之間的距離對我而言實在太遙遠。熊徹小小的一步，對我而言都遠得得用跳的才跳得到。即使如此，這仍是個不會被熊徹發現，又能研究他步法的好方法。我反覆將自己的腳放到熊徹的腳印上走走看。他上半身的動作我根本學不來，但如果至少能學到步法也好。我心中懷著這個念頭，一心一意地一次又一次順著腳印練習。

之後每到晚上，我都暗中持續練習。

起初我好不容易才能勉強踩上腳印，但持續苦練之後，開始覺得身體慢慢記住了熊徹的腳步動作與踏出的時機。本來覺得彆扭的步伐，也漸漸變得不再彆扭。

白天，熊徹一如往常地在前院練武。

「唔！喝！哼！」

這是瞬間迴刀反砍，然後扭轉身體一踢的連續攻擊。

我也在屋子裡試著做出這套連續攻擊。

「唔！喝！哼！」

結果踢出的小腿「咚」的一聲撞到邊櫃。

「痛痛痛痛！」

我痛得按住腳蹦蹦跳。

「唔？」

熊徹突然往室內探頭。

我心虛地看了熊徹一眼。

熊徹狐疑地進到屋子裡朝我靠過來，雙手插在褲子口袋裡，臉湊過來仔細打量我的臉。

「怎麼？你在幹嘛？」

被這張大臉逼近而無路可逃的我，身體往邊櫃上後仰。

「嗚……」

被他逼問讓我非常為難。真的很為難。我該找什麼藉口才好？呃……

我用眼角餘光看到小不點抬頭看著我。

——變成對方。當作自己就是對方——

我覺得腦海中聽見媽媽說話的聲音。

啊啊！可惡，要繼續不讓他發現地模仿下去，實在是辦不到啊！我自暴自棄地乾脆擺出和眼前熊徹一樣的姿勢，雙手插進褲子口袋裡。

「啥？」

熊徹似乎搞不清楚狀況而發出疑問聲，然後不經意地發出「嘶嘶」兩聲吸了吸鼻子。

我也依樣畫葫蘆，發出「嘶嘶」兩聲吸了吸鼻子。

「喔？」

熊徹似乎注意到了什麼，故意轉了轉肩膀。

我也依樣畫葫蘆，轉了轉肩膀。

熊徹左右歪著脖子，發出喀啦聲響。

我也左右歪著脖子，發出喀啦聲響。

熊徹想出乎我的意料之外，突然舉起左手。

我也拚命跟上他的動作，舉起左手。

熊徹迅速舉起右手。

我也舉起右手。

「……」

「……」

熊徹和我瞪著彼此，互相猜測對方的下一個動作。

「啊？」

「嗚啊？」

「哈？」

「哈？」

「喝。」

「喝啊！」

多多良不知何時來到窗邊，無言地看著我們。「你們兩個在搞什麼鬼？」

熊徹驚覺地回過神來，對我怒吼：

「你在耍我嗎！」

「才沒有！」

「不然是怎樣！」

「是怎樣都行吧！」

熊徹忿忿地在屋子裡踱步，我則像長印魚（註6）一樣跟上去。熊徹一轉身，我也跟著轉身；熊徹停步，我也跟著停步。

「煩死了你！」

熊徹忍不住跑掉，跑出了屋子。我趕緊追去，但他已經跑得不見蹤影。

我決定了，再也不祕密修行。既然弄成這樣，不管他再怎麼嫌我煩，我都要糾纏到底。

*

『……熊徹跑掉以後，像忍者一樣攀在門外牆上窺看九太，然後嘆著氣說：

「真是的，他到底在搞什麼？」

看來他完全無法理解九太做出這般舉動的真意所在，所以我好心地為了他想出一個淺顯易懂的比喻。

「簡直像是母鴨和小鴨呢。」

「我才不是鴨子。」

「小孩模仿爸媽來長大，這是當然的吧？」

「我又不是他爸。」

「九太是打算從頭跟你學起，就像嬰兒跟著爸媽走路那樣。」

「嬰兒……」

熊徹後來仍一再重複「嬰兒」這個字眼，看樣子他多少心裡有底。

母鴨的比喻只是我臨時想到的，但說出口之後，意外地覺得這個比喻也許還頗為切中要點。據說剛戳破蛋殼出生的雛鳥，會把第一眼看到的東西當成雙親。哪怕那不是真正的爸媽，而是玩具之類的東西也不例外。對小孩而言，出生後初次接觸到的世界便是爸媽，小孩是透過爸媽來接觸世界、認識世界。小孩要成長就不能沒有爸媽，哪怕不是真正的爸媽也無妨。

九太孤苦無依。既然他在怪物世界裡首次接觸到的怪物碰巧是熊徹，那麼說不定就會發生這種情形。雖然熊徹是怪物，九太是人類，但沒有人可以保證他們不會超越種族的藩籬，培養出親子般的感情。

當然，熊徹既不曾當過爸爸，過去也不曾得到爸媽的關愛，可說是與世間所謂的爸媽正好

註6：一種會用頭頂上的吸盤吸附在其它大魚身上移動的魚。

相反。但若說連這樣的傢伙也有可能成為別人的爸媽，那麼，這也許是個令人親身體認到世界有多深奧的契機……這麼一想，我不禁對自己心血來潮想到的念頭，暗自感到滿意。

本來只會互相較勁的熊徹與九太，開始有了些微的改變。

熊徹早上來到前院練武時，九太便邊拿著長柄掃把掃地，邊窺伺熊徹的舉動。熊徹則充分意識到九太的視線，同時高高舉起大太刀，開始練武。九太小心不被他發現，針對熊徹的腳步動作拚命模仿。

當時我並未忽略熊徹側臉上的表情。他先窺看身後的九太，然後露出了飄飄然的笑容。如果要用他的口氣來形容……

「嘿嘿，突然變得這麼老實啊。」

差不多就是這樣吧。

沒有爸媽知道小孩模仿自己會不高興的，真不知道他們兩個以後會變成什麼樣的情形。我覺得自己彷彿正在見證一場暗中進行的科學實驗，忍不住暗自竊笑。但話說回來，懷抱這種夢想的只有我，多多良就不一樣。

「喂！小鬼頭，你要搞那種鬧劇搞到什麼時候？如果光靠模仿就能變強，大家就不用那麼

辛苦啦。」

他一如往常地挖苦九太。

但強硬制止他的不是別人，正是熊徹。

「喂，多多良！別來礙事！」

多多良連連眨眼。

「啥？你之前還成天嫌說被這小子糾纏得很煩……」

「少廢話，走開啦。」

多多良被熊徹一罵，就鑽過布簾逃到廚房來。他對靠在流理台上啜飲著露茶的我問說：

「喂喂，那傢伙什麼時候變了個樣啊？」

「誰知道呢？看到徒弟乖巧，自然會想疼愛吧。」

「哼，那傢伙才不是這種……」

多多良嗤笑了幾聲，又突然重新打量一下外頭的熊徹。

「……他玩真的啊？」

他露出正經的表情問我。

看來多多良也注意到熊徹這種改變當中的含意。

此後，九太的努力十分令人動容。他從早到晚都持續模仿熊徹腳下的動作。熊徹在前院與後院練武時自是不用說，甚至不管熊徹去到哪裡，他都一直跟在後面，仔細看著熊徹腳下。不知不覺間，我注意到九太爬上石階的動作，就和熊徹爬石階時那種外八字又搖搖晃晃的樣子一模一樣。我傻眼地覺得何必模仿到這種地步呢？但九太這種「祕密修行」，有一天唐突地開花結果了。

接下來這一段故事，是九太後來親口告訴我的。

這一天，九太一如往常在張羅晚餐，事情就發生在這個時候。當時熊徹坐在前院的板凳上，和多多良打牌對賭的吆喝聲傳進了廚房裡。熊徹從打完工回來到晚餐時間的這段空檔，往往會像這樣度過一段放鬆的時間。九太邊用菜刀刀根挖掉馬鈴薯的芽，邊不經意地聽著他們說話的聲音。

看樣子熊徹拿到了好牌，「喔，來啦！」

「啊，等一下。」

「沒在等的。」

「等一下等一下。」

「我才不等呢，嘿嘿嘿。」

熊徹從板凳上站起，往後一步步退開。

九太也配合他的節奏，自然而然地動著腳步往後退。他一整天都集中精神觀察熊徹的腳步，所以到了這個時候，即使並未特意模仿，雙腳也會自然而然地動起來。

「喂，真的假的？」聽得出多多良急了。

「嘿嘿嘿。」熊徹胡鬧地笑著，彷彿螃蟹似地橫向往左挪開。

廚房裡的九太也以同樣的節奏，彷彿螃蟹似地橫向往左挪開。

熊徹躲過多多良，腳步往右。

噠噠、噠噠。

九太也邊挖馬鈴薯的芽，邊下意識地挪動腳步往右。

噠噠、噠噠。

這時，九太注意到了——

「……奇怪，我又沒看著他……」

熊徹人在前院，九太則在屋子最裡頭的廚房面向流理台。從廚房看不到前院，只聽得到說話的聲音。

也就是說，九太並未看著熊徹。

明明沒在看，他卻知道熊徹的左右腳怎麼動。

「……我知道。」

熊徹囂張地將右腳跨上板凳。

明明沒看見，但九太就是知道熊徹用的不是左腳，而是右腳。

「……我就是知道！」

從水龍頭滴下的水滴，在琺瑯鍋裡滴出漣漪。九太為自己這祕密修行的成果感到震驚，而震驚隨即轉變為確信。

聽得見多多良懊惱地將牌往地上一摔，熊徹則將腳跨在板凳上大笑。熊徹的身影歷歷在目地浮現在九太腦海中。

明明沒在看，他卻看得見。

九太靜靜地在心中想到一個計畫。

「……試試看吧。」

他自言自語地說道……』

『……我壓根兒不知道有過這些事情。所以這天早上，九太躡手躡腳地接近在前院拉筋的熊徹時，我也並未發現他的模樣和平常不一樣。

熊徹悠哉地伸展著阿基里斯腱，九太挺起掃把柄，突然往熊徹的側腹部戳下去。

「痛！」

熊徹那傢伙被戳了個出其不意，腳步踉蹌起來。

我和百秋坊都看得啞口無言。

但九太不管我們的反應，接連戳向熊徹。

「你搞什麼，別戳了。」

對熊徹來說，被九太用小鬼頭的力氣戳個幾下，根本不會受到任何傷害。但九太糾纏不清地戳個沒完沒了，讓他煩不勝煩，忍不住伸手去抓。

「……別戳了！」

就是這時候——

九太閃過熊徹的手。

「……嗯？」

熊徹改用雙手想抓住九太。

但熊徹沒料到，九太已經搶先繞到他背後。

「咦？啊？喔？」

熊徹轉身想抓住九太，但下一瞬間，九太就是會不可思議地繞到熊徹身後。九太怎麼閃怎麼成功，讓我覺得好像在看魔法一樣，張大嘴巴看呆了。

「現在是什麼情形……？」

「九太，你……」

九太未停下動作，邊閃躲邊解釋：「我一直在模仿他的腳步動作，結果就能隱約猜得出他的下一步要怎麼動。既然猜得出來，那也就躲得過。」

百秋坊傻眼之餘，佩服地說：「天啊……這說來簡單，但要實際辦到，真不知道得要多麼專注呢。」

熊徹一直抓不到九太，不耐煩之下，忍不住用不平衡的姿勢揮出一拳。

「別、別鬧啦！」

這一拳揮了個空，連九太衣服的邊都沒沾到。熊徹就這麼失去平衡，「砰」的一聲額頭撞在地上。

我由衷感到震驚。先前我一直以為九太只是個小鬼頭，現在親眼見識到他的這種本事，不禁刮目相看。

我懷抱著敬意說：

「九太，你可真了不起！我第一次佩服起你來啦！」

仔細想想，這是我第一次叫出九太的名字。九太起先還愣住，後來就坦率地對我露出開心的笑容。

我對熊徹說：

「熊徹，你最好也跟九太學學。」

「……叫我跟他學？我為什麼要跟他學啊！」

熊徹跳起來，氣得大吼大叫。

九太特意囂張地搭話：

「要我教你也行。但相對的……」

「啥！」

「相對的，刀怎麼拿、拳頭怎麼揮，這些我都一竅不通，所以……教我啦。」

九太意外地沒有自信，也正因為如此，他對熊徹露出的表情顯得更加懇切。

當時九太的眼神，我到現在仍記得清清楚楚。

修行就是從那個時候才真正開始。

每天早上，在連蟬都還沒開始叫的時間，熊徹就指導著九太練武。熊徹拿著用布捲了好幾層的木刀，輕輕撥開九太的刀，然後看準他的腦門賞他一擊。

「好痛！」

「哼哼。」

「可惡，你教清楚一點啦！」

但九太也不是只挨打不還手。

吃過早餐後，就輪到九太來指導熊徹。

熊徹雙手被布纏了好幾圈，動作受到限制，而九太的木刀就一刀劈在他的腦門上。

「痛！」

九太把木刀扛在肩上。

「要仔細觀察對方，配合對方……」

話還沒說完，他又一刀劈在熊徹腳上。

「痛！」

「要配合！」

「痛！」

熊徹痛得哀號聲都破音了。

我和百秋坊悠哉地吃著土司配咖啡當早餐，看著熊徹紮實地挨著木刀。

「這樣一看，熊徹的弱點就凸顯出來了呢，可以清楚看出他以前有多麼依賴進攻。」

「畢竟他是個根本不管周遭、愛怎樣就怎樣的大爺啊。配合對方是他最不拿手的事。」

「這是他獨自變強的報應。」

後來熊徹仍持續挨打，九太手扠著腰數落他的不是。

「要配合對方。」

「我有在做！」

「你就是沒做好啊。」九太完全不為所動。

「臭小子，瞧你囂張的……」

熊徹咬牙切齒，氣得表情抽搐。但他勉強忍了下來，擠出聲音說：

「……你教清楚一點啦！」

九太要修練的不只有刀法。徒手施展的柔道技巧，也是熊徹的武術裡十分重要的一環。

九太朝著插在竹子上的小玉西瓜，發出吆喝聲打出一拳。

「呀！」

但西瓜只是前後搖動，沒有絲毫損傷。如果拳路不穩定，就沒那麼容易打破。

九太連連呼痛，甩著紅腫的手等待疼痛消退。也是啦，初學者差不多都會這樣。

但換成熊徹這樣的高手……

「喔啦！」

一記正拳就能把粗得可以環抱、裝滿水的水瓶打得粉碎。

「可惡！」

九太心想自己怎麼能認輸，燃起了鬥志。

連澀天街也很少有小孩會進行正式的武術修行。當九太身上的修行服已日漸合身時，怪物的孩子們已經不是九太的對手。

尤其是過去欺負九太的那些小鬼，他們軟綿綿的拳頭，完全不值得九太理會。九太根本不

用出手，只要輕輕一閃，怪物的小孩便會揮空，自己摔倒在地上。不僅面對一名對手時是如此，哪怕面對兩人組的雙重攻擊，又或是遭多人圍住，九太都能漂亮地閃避，絕對不會落敗。

九太在澀天街小孩們當中的排名迅速上升。後來有一天……

「你這小子不要太囂張了！」

二郎丸一手拿著一串糯米糰子攔在九太面前。他和他老哥一起在豬王山的道場修行，雖然還是個小鬼，卻已有獲准佩刀的實力。每個小鬼都想像著二郎丸把九太打得落花流水的模樣。喜歡賭博的三人組，也有了意見一致的結論，他們說：「我賭二郎丸」、「我也賭二郎丸」、「我也是」。真的是，不要拿小鬼打架來賭博好不好？

「喔啦喔啦喔啦！」

二郎丸撲過去，出拳亂打一通。

他的拳頭根本碰不到九太。

「可惡，臭小子！」

二郎丸把叼在嘴上的那串糯米糰子拿起來一甩，兩顆糰子從竹籤上脫落，朝九太飛過去。

九太以手掌啪啪兩聲打了回去。

二郎丸也不認輸，用手掌再打了回去。

糰子在雙方之間以令人目不暇給的速度來來去去，隨著兩者靠得越來越近，回擊的速度也跟著變得越來越快。

最後，九太右掌一出，將兩粒糯米糰子塞進二郎丸的嘴裡。

「嗚嗚！」二郎丸悶哼一聲。

接著九太腰一沉，左掌抵上對方胸口。

「哇啊！」二郎丸重重坐倒在地。

勝負已分，是九太贏了。他按照規矩，向對方行了一禮。

意外的比武結果讓那幾個好賭之徒大為意外懊惱，在一旁看著的小鬼們則發出「喔喔！」的驚呼聲。

二郎丸震驚得瞪圓雙眼。他嚼了嚼嘴裡的糰子，吞下去後說道：

「你……好厲害啊！」

二郎丸佩服地對九太露出笑容。看到他的態度說變就變，反而換成九太瞪圓了雙眼。

「咦？」

二郎丸站起來，朝九太伸出雙手，要和他握手。

「我喜歡強的傢伙，你下次來我家玩吧，我家有很多好吃的點心可以吃喔。好不好？來我

家玩嘛。」

他無憂無慮的純真笑容，讓九太愣住了。

冬天、春天過去，夏天又來了。到了這個時候，吃九太用拳頭打破的西瓜，已經成為我們的習慣。熊徹與九太還是動輒找事情較勁，連吃西瓜的速度都要比。

「就叫你們兩個吃慢一點了。」

不過我說了他們也不會聽。熊徹搶先一步吃完，扔開西瓜皮站起來說：「我贏啦！你記得洗碗。」

他們不知何時還訂下這麼一條輸的人負責收拾的規矩。每次負責收拾的人，當然幾乎都是九太。

有一天，我聽見百秋坊把手放在九太頭上，感嘆地說道：

「你長這麼高啦。」

「會嗎？百叔。」

我吃了一驚，跑過去一比。

九太的頭頂已經比挺直腰桿的我還要高。

「你什麼時候長高的！真的假的！」

我們每天都見得到面，所以平常看不出來。然而不知不覺間，他已經長這麼大了。要知道他的臉還是跟以前一樣耶！真是的，小鬼頭的成長還真是讓人不能掉以輕心。

「多多叔。」

九太後來都這麼叫我。

後院正中央不是長著一棵樹嗎？就是那棵菩提樹。熊徹和九太經常在那棵樹下練武。那起初還只是一棵高高細細、彷彿風一吹就會倒的小樹，但隨著葉子轉紅、積起細雪、開出花朵、長出嫩芽，菩提樹的樹幹越來越粗；同樣的，九太那瘦弱的手臂也開始長出強韌的肌肉。時間實在過得很快。現在每當我看到那棵長成大樹的菩提樹，便會想起九太成長的軌跡。

實際上，包括我和百秋坊在內，誰也沒想到熊徹能好好教導徒弟。然而消息漸漸傳開了，大家說：「熊徹仍是老樣子就不說了，不過，他那個人類徒弟的進步可相當不簡單。」隨著歲月流逝，傳聞產生了更多傳聞。沒過多久，九太就名列澀天街眾所矚目的新秀劍士當中。

九太的消息也傳進了宗師耳裡，聽說宗師還特地帶著豬王山來看熊徹與九太傍晚時練武的情形。

九太的成長讓豬王山看得瞠目結舌。「喔？變得有模有樣啦。」

「看來是這樣。」宗師瞇起了眼睛。

「真虧他能把一個人類小孩教得這麼好。」

「哎呀，連你也沒看出來嗎？」

「什麼？」

「真正成長的是熊徹，他的身手更流暢、更俐落了。」

聽宗師指出這點，豬王山才仔細一看。

「……聽宗師這麼一說，的確沒錯！」

「這可讓人弄不清楚誰才是師父啦，呵呵呵。」

宗師笑得可高興了。

但熊徹當然不會知道有過這麼一回事。練武結束後，熊徹問九太說：

「九太，你幾歲啦？」

九太仍擺著架式，伸出十根手指，然後又比出七根手指。

「這樣啊？那你從今天起就叫十七太。」

「叫九太就好了。」

九太不高興地回答。一鞠躬之後，他催促熊徹也趕快回禮。

熊徹心不甘情不願地回了一鞠躬。

壯麗的晚霞籠罩住他們兩人。

春天。

許多年輕的怪物子弟爭先恐後地湧進熊徹庵。

「熊徹師父！請收我為徒！」

一個不起眼的青春痘臉，跪在地上磕頭懇求。應付這樣的傢伙就是我的工作。

「很好，你很有覺悟，有潛力。」我隨口敷衍。

「謝謝誇獎。我也想變得像九太哥那麼厲害！」

「好，那就排到那邊去。」

說著，我用下巴指了指一路排到石階底下，由想拜師的怪物們所排成的隊伍。青春痘臉很有精神地答了聲：「是！」就一路跑到隊伍的最後面。我補上一句很重要的話：

「準備好仲介費等著吧。」

我看著長長的隊伍，心想這些傢伙一個個都是些乳臭未乾的小子，沒有一個看起來會成材的傢伙。

但熊徹庵正贏來空前的賺錢良機，只有這件事實是千真萬確的。我數了數隊伍中這些一臉呆樣的傢伙，用乘法計算。這些傢伙都是崇拜九太而來拜熊徹為師，如果跟他們收取學費，熊徹應該就不用再去做水泥工或摘茶葉之類的零工來賺生活費。不對，不只是這樣，說不定還可以搬離現在這間破舊的小房子，租一間又大又新的房子。這樣一來，熊徹就是大老闆了，是資產家、大富翁。

然而，熊徹本人一點也不在乎這些事情，只是依舊邊吃著午飯邊和九太較勁，和八年前一模一樣。

「九太，你說什麼？」

「我要自己決定怎麼練武！」

「不對，你要照我的話做！」

「我不要！」

百秋坊從中勸解：「九太已經成年了，你要把他當成人看待啊。」

「把這小子當成人？他連毛都還沒長，光溜溜的咧！」

「我早就長毛啦！」

「長在哪？」

真是的，這兩個傢伙的爭執也太無意義了（註7）。

但話說回來，我自認能夠體會熊徹的心情。即使體格長高長壯，對熊徹而言，九太還是跟小時候一樣，熊徹就是希望他不要變。然而小鬼這種生物，不管怎麼阻止就是會長大成人。

九太搶先一步吃完後……

「我贏了，你記得洗碗。」

他丟下這句話就衝出屋子。

「慢著！事情還沒說完。」

熊徹趕緊追上去。

九太從排隊拜師的隊伍旁邊，一溜煙地跑下石階。來觀看隊伍的二郎丸看到九太，跟他打了聲招呼。

「喲，九太！來我家坐坐吧！」

「晚點再說！」

九太被熊徹追著，毫不留步地跑遠了。

二郎丸比九太小一歲，所以現在是十六、七歲。他圓滾滾的體型與相連的一字眉並未改變，但過去的流氓氣質，已經隨著小豬特有的頭頂紋路一同消失，轉變為平靜且可靠的表情。

自從小時候那場糰子決鬥以來，他就一直是九太的好友。

二郎丸邊用手指摳著隨年紀增長而長出的漂亮豬牙，邊對身旁的一郎彥說：

「九太真了不起。多虧他，熊徹庵現在生意可興隆了。爸爸說我們見迴組也不能大意。」

一郎彥比九太大一歲，今年十八歲。他的個子說不定比九太還高，小時候那種宛如模範生的天真神情，如今已換成成熟的剽悍表情。但他眼神中卻多出一種小時候所沒有的陰暗光芒，而且不知道為什麼，他總是用圍巾的一端遮住嘴邊。

「熊徹？哼，別把爹拿來跟那種半吊子相比。」

他忿忿地撂下這句話。

一郎彥無論什麼時候，都用圍巾把鼻子以下的部分團團遮住。對於他為什麼要做這樣的打扮，人們暗地裡有著各式各樣的揣測，例如懷疑他曾遭到燙傷之類的，但誰也不知道實際情形究竟是怎麼回事。

好，九太到十七歲為止的這段時間發生了什麼事，我已經大略挑重點說明過了，你們差不

註7：原文為「不毛な争い」。日文裡，「不毛」意指無意義、毫無建設性。此處一語雙關。

多都知道了吧？

九太和熊徹互吼，衝出屋子之後，竟然遇見一段他人生中極為重要的緣分。那是一段將會大大改變九太未來的緣分。

接下來的事情，用我的嘴來說就不太恰當。

再次把說書人換回九太本人吧……』

楓

熊徹怒吼著追趕，所以我專挑澀天街的小巷子鑽。

我個子還小的時候，要甩掉他反而簡單。巷子裡多得是低處有洞的牆壁或是狹窄的門縫，他高大的身體鑽不過去。但等我的個子也漸漸長大之後，變得連我自己也鑽不過去。既然這樣，便是靠速度決勝負，一切只看我能跑得多快。

等到再也沒聽見自巷子另一頭傳來熊徹的吼叫聲，我才雙手撐在膝蓋上喘口氣。

「真是的，追得有夠緊……」

我回顧身後，調勻呼吸，忽然在視野的角落看到椅子上放著花。那是裝飾在盤子上的椿花。這種花開於冬末春初。上古有大椿者，以八千歲為春，八千歲為秋……（註8）

就在這時——

註8：日本椿花即為山茶花。「上古有大椿者……」摘自《莊子 逍遙遊》。

沙沙沙沙……我聽見一陣陌生的噪音。

「奇怪？這是……」

不對，並不陌生，我在很久很久以前聽過這種聲音。

沙沙沙沙沙沙……

我抬起頭仔細觀看。

巷子另一頭，有個東西在春天的蜃景中搖曳。

沙沙沙沙沙沙沙沙……

「！」

這裡不是澀天街。

在蜃景中搖曳的，是在行人保護時相路口上來來去去、數量多得驚人的「人類」。

睽違八年的「澀谷」看在我眼裡，彷彿是一座異世界的城市。

我絲毫感受不到懷念的心情。眾多大樓、眾多窗戶、眾多螢幕、眾多車列，這一切都顯得很不真實、很疏離、很空洞。尤其是街上多得滿出來的文字，挾帶著強烈的異樣感朝我直逼而來。廣告文宣、菜單、說明文、禮儀宣導文、注意事項，一切都用文字過度解釋，把整個空間

填得滿滿。我滿心疑問，搞不懂為什麼非得這麼依賴文字不可。

傷腦筋的是，這些文字我大都看不懂。大量莫名其妙的文字飛進視野裡，讓我更加不安，甚至產生輕微的嘔吐感。

當然，我在澀天街的學校裡也學過最低限度的讀寫，但怪物世界的想法是：「活的智慧，不可能靠文字這種死的東西記載下來。要是換成圖畫那還另當別論。」除了一郎彥這種特殊的模範生以外，在怪物世界學習的文字量和人類世界根本沒得比。

我已經徹頭徹尾成了個「外人」。明明和這麼多人擦肩而過，我卻為了強烈的孤獨感而發抖，哪裡都找不到自己的一席之地。我忍耐著不自在的感覺，漫無目的地走在人潮當中。

最後，我來到一間位於鬧區外、住宅區邊緣的小小紅磚色區立圖書館。

從天窗灑落的柔和光線，在排列得井然有序的書本上照出陰影。館內十分安靜，客人也少到屈指可數。和街上相比，這裡的人數壓倒性地少，讓我覺得好放心。對文字感到暈眩的感覺還剩下一點，我已經受夠了被迫洗文字浴。我想既然都得泡在文字裡，不如找找自己認識的文字，這樣一來，也許能找回一點小時候的感覺。但事情沒有這麼順利，我找不到任何一本自己曾看過的書，因而無可奈何地在書架之間閒晃。

我不經意地拿起一本厚重的書，不太明白地唸出書頁上分成上下兩欄的平假名文字。

「關鍵的……當中……等等……都是……處理……但……這個……的……杞人憂天……的……長……很……所以……」

這段文字裡，有個形狀很有特色的漢字頻繁出現，卻沒在旁邊加上該怎麼念的拼音。從前後文來看，那個字顯然有著極為重要的含意，畢竟連書背上都有這個字。

但我卻看不懂這個漢字。

「……」

我束手無策地抬起頭來，忽然往旁一看。

有一位少女在讀著一本老舊的橘色封面大全集。

她的年紀多半和我差不多，頭髮又黑又短，穿著像是高中生穿的深藍色制服。她上衣的鈕釦扣到領口，更上面則綁著胭脂色的蝴蝶結，外套衣領別著形狀像是中世紀盾牌的銀色徽章。自頭髮分線的地方露出的額頭，散發出一種學者般的知性。我想她也許會看得懂，遲疑了一會兒後，還是毅然對她問道：

「誒，這個，怎麼唸？」

她注意到我，仔細看了看我遞出的書頁，過一會兒，她將一雙圓滾滾的黑色瞳仁轉過來對著我，簡潔地回答：

「……『鯨』？」

「啊啊，原來是《白鯨記》。」

我暗自恍然大悟。因為我想起了自己以前讀過這本書的兒童版（只是那一版的書名不是寫漢字，而是寫片假名）。我暗自恍然大悟，心想拿起這本書並不是出於偶然。

她把一雙黑色的大眼睛睜得更大，興味盎然地看著我，既不是覺得我好笑，也不是覺得我可疑，而是宛如動物學家發現珍奇異獸時會仔細觀察的那種充滿求知欲和好奇心的眼神。我覺得好像整個人都被她仔細打量，難為情之下忍不住撇開臉，感覺到自己的心臟跳得比平常更快，但完全不知道為什麼被人注視會變成這樣。

這時，她忽然撇開視線。

因為另一頭的書架後面，傳來爆炸似的大笑聲。

「我不是說過了嗎？」

「有嗎？」

「我才不管。」

「啊～真是的，吵死了。喂？掛了。」

三男兩女的高中生，把腳擱到閱覽用的桌上，吃著袋裝的點心，行動電話的來電鈴聲大

響。他們的外套衣領上都別著銀色的徽章，看來是一群跟這位少女讀同一間學校的學生。

他們的吵鬧聲，讓館內年長的客人都露出一副不敢領教的表情皺起眉頭。

少女把書（這本大全集——《筑摩書房世界文學全集》——的書背上寫著「卡夫卡」）放回書架上，朝他們走去。

一名長髮高中女生用瞪人似的眼神抬頭看她。

「……幹嘛？」

「要吵去外面吵。」

她挺直腰桿，鼓起勇氣說出這句話。

捲髮的另一個女生與三個男生默默旁觀。

長髮女子站起來，低頭看著她說：

「如果在外面，做什麼都可以嗎？」

「那是你們的自由吧？」

長髮女子沉默了一會兒，然後說：

「……我們走。」

她對同伴們這麼說。

他們留下一陣壓低的竊笑聲，走出圖書館。

我隔著書架，看到她的背影鬆了一口氣似地動了動。

安穩的寧靜重新回到館內。

但她就沒這麼幸運了。

那群高中生躲在過了閉館時間的圖書館前，埋伏在暗處。擋住去路的長髮女生指著少女，對捲髮的另一個女生說：

「這女的，從國中的時候就很煩，大家都不理她。」

「是喔？那我們要幹嘛都行囉？」

捲髮女生一副明白的口氣，低頭看著少女這麼說。

「……」

少女繃緊身體，快步想從旁邊繞開。

「喂！別想跑啊。」

兩個女生搶走她的書包，立刻把裡面的東西全都倒到地上，筆記本、筆與剛借來的書（就是我剛才看到的講談社版世界文學全集第十五冊《白鯨記》）散落一地，彷彿在強調對這兩個

女生來說，做這種事是她們理所當然的權利。

「不要這樣。」

少女嘗試抵抗，但根本不是對手。

「如果在外面，做什麼都可以吧？」

「我們不會給任何人添麻煩的。」

三個男生則笑著旁觀。

「妳們好過分啊。」

「超可怕的。」

「嘻嘻嘻。」

這時，三人注意到後方不遠處有個東西。

「……啊。」

那是像木頭人一樣杵在原地不動的我。

其中兩個男生一副覺得「糟糕，被看到了」的樣子不再發笑，繃緊表情，只有另一個把頭髮抓得朝天的男生，對我露出笑咪咪的親切笑容，一副過意不去的樣子朝我走來。

「啊，你都看到啦？我們出了點問題。」

他話還沒說完，就抬起膝蓋猛力踢向我的腹部，接著說道：

「你什麼都沒看到，對吧？」

他壓低聲音恐嚇我，彷彿在說我和他們比起來一點價值都沒有，趕快滾開，消失。

「你的表情是怎樣？你這混蛋有意見嗎？」

由於我不抵抗，其他兩個人也都放下心似地朝我走來。

「等等，讓我也踹幾下。」

「我也要。」

他們玩得起勁，一個個輪流來踢我的腹部。

我暫時任由這些傢伙動手動腳，同時想著回到這座城市時強烈感受到的空虛、疏離、孤獨、不對勁、無處可去的感覺。對於這些感覺究竟是怎麼來的這個問題，我覺得自己多少抓住了答案的尾巴。

下一瞬間，我不再當「木頭人」。

把這三個高中生打倒在地，就像用手指折斷小樹枝一樣簡單。至於長髮和捲髮的高中女生，則丟下按住腹部在地上痛苦呻吟的男生們，自己跑掉了。

我和抱著手肘發抖的少女對看了一眼。

「……」

從圖書館穿過小巷後不遠的地方，有一處不太有人經過的停車場。隔著綠色的圍籬，可以看見沿著神社參道種植的櫻花樹伸出櫻花盛開的樹枝，將小小的花瓣靜靜地灑落在停車場內的汽車車頂與柏油路的白線上。

少女邊把剛才被倒出來的筆記與文具收進書包，邊自言自語地說：

「說什麼升學名校裡大家都很要好，根本是騙人的。」

她有條不紊地將書包拉鍊拉上後，看了我一眼。

「雖然暴力是不好的，可是……謝謝你救了我。」

我坐在水泥攔車柱上，翻著她借來的《白鯨記》。

「我才沒有救妳。」

「你明明救了我。」

我指著某一頁問：「誒，這個，怎麼唸？」

「……嗯？」

看到她一頭霧水，我覺得自己有必要解釋一下。

「我什麼都不會，因為我從國小就沒去上學。」

她聽我這麼說，不敢置信似地倒抽一口氣。

「……真的？」

「嗯。」我回答完，又將視線落到書頁上。

她忽然露出柔和的表情，提出一個令我大感意外的提議。

「那麼，這本書上的字，全都由我來教你。」

我嚇了一跳，忍不住站起來。「……真的？」

她點頭「嗯」了一聲，手按胸口做了自我介紹。

「我是『楓』。木字旁加上一個風字。楓。」

說著，她用細細的手指在空中虛寫出自己的名字。

「我是……」

我猶豫一會兒後，說出自己的名字。

「我是……蓮。蓮這個字是……」

「啊，是草字頭的……」

她似乎會意過來，探出上半身，右手手指再次在空中虛寫著。她寫出的筆畫很正確。這

時，我從她制服的袖口，瞥見一條纏在手腕上的紅色絲線。

「蓮。」

楓喚了我的名字一聲，朝我露出滿臉微笑。

小小的花瓣輕輕在風中飄舞。

澀天街錯綜複雜的巷道，是用來避免閒雜人等從人類世界進入怪物世界的機關。零星放在巷子裡的花束、盆栽或花瓶這些東西，其實發揮了鑰匙的作用，可用來打開隔離兩個世界的門。我直到第八年才終於理解這個機關，而理解之後，也就表示我能夠自由來去兩個世界。

我開始不時溜出澀天街，來到澀谷。

但這件事我始終瞞著熊徹。想也知道，一旦被他發現，絕對會遭到他禁止。開什麼玩笑？我有我的自由啊。

要躲過熊徹的耳目很簡單，因為這年春天，莫名有許多想拜師的怪物們來到熊徹庵，他為了應付這些怪物忙得不可開交。我單方面地宣告下午以後的時間我要自己練習，便瞞著大家來到澀谷。

為的是請楓教我書上的字。

為了不用每次都要重新去借書，我去舊書店以低價買下同樣的書（用我自己那筆從八年前就一直沒花掉而存下來的錢支付）。

我在紅磚建築的區立圖書館裡，先把書上看不懂的詞彙或漢字謄寫到筆記上，然後翻閱國小生用的字典查找意思。楓放學後會過來，戴上眼鏡仔細檢查我的筆記，然後像老師一樣，配合我的學力水準給出適切的建議。

我越是抄寫漢字，越是覺得學海無涯。只是要讀一本書，真不知道要學會認多少個字？而要學會認這些字，又得花費多少時間呢？

已經讀完《白鯨記》的楓要我不用擔心，還說這本小說越是讀到後面，越會想知道各式各樣的事情。

我問她這是怎麼一回事。

楓回答說，例如，只要讀了各式各樣的船員們登場的場景，不就會想知道這本小說所描寫的十九世紀中葉的美國社會史，以及美國發展到這時期之前的歷史嗎？讀了和鯨魚劇烈搏鬥的場面，不就會想查為了採鯨魚油而進行的捕鯨活動，以及工業革命以後的能源史嗎？另外，美國在稱霸捕鯨業界之後，又是如何成為世界第一大國？當時還在鎖國的日本，因為捕鯨而被強迫開國後，又經歷了什麼樣的變遷走到現代？也就是說，這本小說與現代是如何連結在一起，

又能反映出我們的什麼呢？

我停下手上抄寫漢字的動作，茫然聽著她講解。

「怎麼樣？會想知道很多事情吧？」楓歪了歪頭問。

「真的會這樣嗎？」我覺得懷疑。

到了五月，我學習的內容已經從國小程度進步到國中程度，楓還把她國中時代所用的課本給了我。然而很遺憾的是，圖書館禁止客人們帶自己的資料來唸書，所以不管是神社的石階、公園的板凳還是草地上，只要是有地方可坐，楓就會帶著我過去，然後熱心地為我講解重點，讓我能在短時間內學會。我好不容易才勉強跟上她的教導。看樣子楓是打算把所有學科都教過我一遍。

雖說不算是為了在這種特訓中喘口氣，但我這陣子非常熱衷於在圖書館查找和鯨魚生態有關的資料。小說是只用文字來描寫，而我想找有具體圖片的資料來驗證小說的內容。

不知不覺間，時間來到梅雨季節，楓換上了夏季制服。深藍色的背心與薄薄的藍色短袖上衣，和她的短髮非常搭。換上短袖後，她右手手腕上綁的紅色絲線也就顯露出來。我隱約猜想著，不知道楓綁著這條絲線是出於什麼樣的理由。結果……

「蓮也該換季了啦。」

楓拉著我去到車站附近的二手衣店，幫我挑選幾套簡單的牛仔褲與T恤組合。對我這個在澀天街長大的人來說，要我穿和同年代的澀谷男生一樣的衣服，我只覺得抗拒，始終很不情願，但到頭來，我還是被迫穿上楓幫我挑的牛仔褲與T恤（錢當然是我自己出）。

只要我白天不在，熊徹似乎就會很煩躁，聽說還會朝多多叔和百叔吼說：「九太在哪裡？」讓他們很為難。但我不理他。比起陪他，我還有其他更該做的事。而且我每天早上都比熊徹更早起，實實在在地練習完一天的分量，這樣他應該也無話可說吧。

七月……

「這本小說的主角，想對奪走他一隻腳的鯨魚報仇。可是主角雖然看似在對抗鯨魚，其實是在對抗自己吧？」

「自己？」

「也就是說，鯨魚是照出自己的鏡子。」

「鏡子……」

課本從國中三年級用的換成高一課本，楓的教導越來越熱心。我拚命跟上進度之餘，也注意到自己越來越埋首於學習。圖書館的書、課本的敘述、楓說的話，這一切都激起我的好奇心。我做夢也沒想到，先前一天到晚只顧著練武的我，竟然會有這樣的轉變。我覺得有個全新

的世界，在我眼前敞開大門。知道自己原本不知道的事，是非常有意思的。而讓我知道這種樂趣的不是別人，就是楓。

初夏的陽光照得成排櫸木的綠葉閃閃發光。ＮＨＫ廳旁的樹叢，就是這陣子楓和我最愛去的教學處。

「你的專注力好驚人。照這樣子的學習速度看來，也許不用多久，連我參考書上的題目你都解得開了。」

「是楓很會教。」

「真的嗎？」

「說這話的可是對師父很挑剔的我啊，絕對錯不了。」

「你說的師父，就是扶養你長大的劍道師父？」

要把包括澀天街在內的所有事情正確解釋給楓知道，是非常困難的事，所以我用這種方式把熊徹的事情概略地告訴楓。

「他是個爛師父。」

「嘻嘻嘻，你們感情真好。」

「怎麼可能？我們成天朝對方大吼耶。」

「好好喔，我好羨慕。」

「為什麼？」

「我啊，其實呢……根本不曾和爸媽吵過架。」

「……咦？」

我從書本上抬起視線，眼前是以前從未看過、楓落寞地低著頭的側臉。

「我存在只是為了讓爸媽覺得幸福。我從幼稚園就開始參加入學考試，拚命爭取爸爸和媽媽期望的好成績。但他們兩人根本不了解我的心情，甚至從未發現過。」

她自言自語似地說。

我在腦海中想像楓的雙親。楓的家位於車站東側的一棟超高層大樓（以前我曾為了找她拿課本而去到大樓門口），寬廣而清潔的大門有著好幾名警衛常駐，照常理推想，他們家應該非常富裕。但眼前的楓一點都不像是這種家庭的小孩，看在我眼裡，反而像是因為孤單而發抖的孩子。我什麼話都說不出口，只能默默聆聽她訴說。

楓的眼神慢慢轉變為一種平靜的決心。

「可是我明白。除非我能靠自己找到自己，否則我就無法成為真正的自己。所以就算現在很難受，我也要拚命唸書，考上大學後就要搬出家裡。我要為了自己讀書，成為領取獎學金的

學生，讓校方願意免除我的學費，靠自己讀到畢業。然後，我要活出自己的人生。」

楓低下頭，難受地說完後……

「……哈啊！」

她突然像是冒出水面深呼吸似地抬起頭，然後露出爽朗的笑容，大大伸了個懶腰。

「我第一次對別人說出真心話呢。唔，好舒暢。」

我覺得在她柔和的側臉下，看見一種靜靜戰鬥的架勢，那是一種說什麼也不甘於屈就現狀的覺悟。我覺得自己好像對楓有了一點點了解。

「誒，有關這本書啊。」楓笑咪咪地換回平常的老師表情，看了我手上的《白鯨記》一眼。「光靠我教你，能教的總是有限。相信一定有老師可以教你學會怎麼讀得更紮實。」

「哪裡有？」

楓以不知道打著什麼主意的眼神看著我，然後挺直腰桿，直接了當地說：

「蓮，你有沒有打算讀大學？」

「怎麼可能？」

「如果你想考，我會幫你。」

「可是大學這種地方，我……」

事出突然，讓我不知所措地當場愣住，因為我以往真的完全沒想過這件事。

楓的一雙圓眼睛閃爍著挑釁似的光芒，湊過來看著我。

「你不想知道更多原本不知道的事情嗎？」

我覺得自己心中的戰鬥架勢似乎受到考驗。

「……想。」

我用力擠出這個字。

聽到這個答案，楓露出了微笑。

「有種制度叫做『高鑑』，也就是『高中畢業程度學力鑑定考試』。以前是叫做『大鑑』，是一種讓沒去上高中的人也能考大學的學力鑑定考試……」

楓像拉著我去二手衣店時那樣，拉著我來到區公所。她先從導覽板查好位置後，大步走過走廊，來到學務課的升學諮詢窗口櫃檯前重重坐了下來。她簡直把我的事當成她自己的事，熱心地替我說明。

但是，負責這項業務的年老男性職員，開口第一句話就是：

「應該沒希望吧。」

他連資料夾內的說明資料都不翻一下，隔著眼鏡以犀利的目光看著我。

「我不知道你的學力怎麼樣，可是，如果你一直到這年紀都把自己關在房間裡，那要不要先從國中夜間部開始讀起？」

「啊，可是……」

楓想插嘴，但男性職員毫不停頓地說下去：

「而且，這世上可沒那麼好混。就算你萬一考上了，你沒有監護人，學費要怎麼辦？這年頭如果不是成績特別優秀，要申請助學貸款也辦不到。」

會不會每當有像我這樣特別的傢伙晃過來時，他都一律採取這樣的方式應對呢？

「這個，可是……」

男性職員朝手錶瞥了一眼。

楓牽起我的手，憤然起身。

「……我們了解得很清楚了！」

直至走到導覽板前，她仍是怒氣未消。

「那個臭老頭是怎樣！真讓人火大！」

「我看我要上大學還是沒希望啦……」

這時，一名年輕的女性職員捧著厚厚一疊資料追過來。那是剛才在櫃檯後面一直注意著我們的女性。

「對不起喔，你們有什麼問題儘管找我商量。」她說著，迅速翻閱資料，用很快的速度解說：「設有獎助制度的大學並不少，而且我們可以幫忙介紹不用還款的企業獎學金。當然這得看成績就是了……」

她邊說邊接連抽出許多份手冊遞過來。

楓原本聽得愣住了，這時露出滿臉笑容說：

「……非常謝謝妳！」

她對女性職員一鞠躬，我也跟著一起鞠躬。

「非常謝謝妳……」

我們立刻翻閱高中同等學力檢定考的文件。看到記載考試科目合格條件的那一頁，我當場臉色發青。

「數學和理化都是必修……我全都沒學過啊。」

「不用擔心，你一定可以的。」

「我沒信心……」

「包在我身上，我一定讓你合格。」

這時聽到「叮咚」一聲，是區民戶籍課的叫號聲。

戶籍課的男性職員在窗口說了聲「讓兩位久等了」。

「考高檢需要居民證，但你原本的居民證，似乎已經由本所職員依照職權刪除。」

「果然……」

我離開這裡太久了，被刪除也是理所當然。

「可是，」這名男性職員繼續說下去：「因為戶籍附件上還留有紀錄，可以重新幫你辦理居民證。」

我的目光盯著職員在文件上所指的位置。

「請你確認這邊所寫的令尊現今的地址是否正確。」

父親

「……你爸爸跟你分開住嗎？」

楓擔心地抬頭看著我。

我簡短地說明自己和爸爸已經分開九年以上。

「我原先根本不知道他住在哪裡。可是，竟然這麼簡單就能知道呢。」

「你要去……見他嗎？」

「突然跑去他可能也會覺得困擾，而且，他說不定已經忘記我了。」

我自嘲地笑說，楓一直注視著我。

「……」

「可是……」

也說不定不是這樣……

那個住址是澀谷區外圍的一座小市鎮，既不是以前我們三個人一起住過的市鎮，也不是後來我和媽媽兩個人住過的市鎮，有著我毫無記憶也不覺得熟悉的鎮名。

我一手拿著便條紙，走向那個住址。

從上方有著首都高速公路的大道彎出去，經過一條瀰漫著狹窄巷道特有的親切氣息的商店街，在住宅區裡走了一陣子，就來到住址所指的建築物。這棟小小的公寓彷彿縮起身體似的，蓋在大規模公寓大樓群的一角。

我在門前又看一次便條紙，確定沒弄錯之後，正想敲門時，手卻在最後關頭停住。

……我要說什麼？要用什麼表情見他？要怎麼解釋過去的事情？

這些問題我全都答不出來，什麼準備都沒做好。

從晾在陽台上的衣物，看得出這棟四層樓的公寓裡，大部分都是家庭住戶。爸爸的家是在三樓的左端，陽台上只掛著幾個衣架，看起來既像是一個人獨居又像是並非如此。鋁門窗關著，我看不到裡頭的情形，但感覺不到裡面有人在。今天是平日，現在又是白天，他不在家或許也是當然。

該留下一封信嗎？或者至少寫個便條也好？

我坐在投幣式停車場的攔車柱上，從包包裡拿出筆記本，但才剛開始寫又立刻停了下來。

「該寫什麼才好……」

結果我撕下紙，揉成一團。

「啊哈哈哈。」

突如其來的笑聲讓我嚇一跳，轉頭看去。

戴著棒球手套的一對父子，正從停車場前走過。

「爸爸，球。」

「哈哈哈，接好。」

小孩的年紀和以前的我差不多，那位父親大概也和以前的爸爸差不多吧。

「……」

我目送他們離開，再度抬頭看向爸爸的房間。

時間已經來到傍晚，公寓的其他住戶都陸續亮起燈。

但爸爸的房間沒有變化，仍然黑漆漆的。

「……」

我終於死了心，起身踩著沉重的腳步，循著來時路往回走。

傍晚的商店街上擠滿人，玻璃反射的夕陽十分耀眼。說不定爸爸就混在這些人潮當中。他如果住在那棟公寓，那麼，應該會在這條位於公寓與車站往來路上的商店街買東西吧？

我心目中的爸爸，仍維持著我們和媽媽三個人一起生活時的模樣。之後過了九年，不知道爸爸現在有著什麼樣的面孔？在做什麼工作？又做什麼樣的打扮？我不太能想像出來，就這麼摸索著在人來人往的街上尋找爸爸的身影。我一直盯著人看，所以路過的男人們都露出一臉訝異的表情回瞪我。到頭來，我並未看到任何一個長得像爸爸的人。

正當我走過位於商店街出口附近的一家鞋店前時……

一名肩膀上背著公事包、穿著短袖襯衫的男人，蹲在店家前面綁鞋帶。一名女性店員拿著信封，從店裡走出來說：

「先生，您有東西忘了拿。」

「啊。」

襯衫男抬頭站了起來。

「真是的，我一不小心就忘了。」

聽見這個嗓音，我反射性地轉過身去。

店員遞出男人忘記拿的信封，襯衫男接過，露出溫和的笑容道謝：

「真謝謝妳。」

我無法移開目光，心臟撲通跳個不停。

襯衫男看著信封轉過身去，就要走遠。

他要走掉了……我下定決心，跟上前去。

「……請問……」

襯衫男轉過身來看了我一眼。

「……什麼事？」

這張臉——果然是爸爸。

他的頭髮稀疏了些，還長了鬍渣，可是絕對錯不了。這不是長得像的陌生人，而是爸爸。

但我覺得自己沒認錯人的同時，心中的自信卻反而急速萎縮。

因為這個襯衫男露出彷彿第一次見到我的表情。

我按住自己的胸口問說：

「你還記得我……嗎？」

「……」

襯衫男似乎認不出我，過意不去地搔了搔頭，露出曖昧的笑容。

我啞口無言。

「果然……對不起。」

我無地自容地微微一鞠躬後，就離開原地。果然……既然他認不出我，那麼不管他長得和爸爸有多像，也許終究不是爸爸。

這時——

「……蓮。」

身後傳來的呼喚聲讓我轉過身去。

「……是蓮嗎？」

襯衫男看著我，清楚地叫出我的名字。

原來我沒弄錯。

爸爸跑向我，飛撲過來似地緊緊抱住我。

「你長這麼大了……我怎麼認得出來啊。」

我被他抱住，愣在原地動彈不得。行人紛紛以頗感不可思議的眼神盯著我們。

爸爸擠出嗓音說：

「你之前都跑去哪裡……」

「啊，這個……有人照料我，所以……」

我回答得吞吞吐吐。

「太好了，你平安長大……對不起，這些年來我沒能盡到半點身為爸爸的責任……」

爸爸始終緊緊抱住我，也不顧旁人的眼光，在商店街正中央嚎啕大哭。

「……爸爸。」

午休時間，我去學校找楓。由於校地內禁止校外人士進入，我便隔著校門上的水平欄杆，把昨天的情形告訴她。楓鬆了一口氣說：

「這樣啊，太好了……」

「爸爸說他是過了很久以後，才知道我媽媽出車禍的事，還說他一直在找衝出家門後再也沒回去的我。在警方都放棄以後，他仍然一直在找我。」

「這樣啊……」

「楓！」

三個像是楓朋友的女生，從有點遠的地方妳推我、我推妳地推舉出一個代表，對我們露出興味盎然的笑容。

「楓，他是妳男朋友嗎？」

「不是。」楓回答得很為難。

「不然他是誰？」

「讀哪間學校？」

「妳們走開啦！」

三人組天真地哈哈大笑，回去校舍裡。

楓對我露出過意不去的表情說：「對不起。」

「不會……可是啊，這樣一來，我是不是也能變得普通呢？」

「普通？」

「跟普通人一樣，和爸爸一起生活，普通地唸書和工作，普通地回家和睡覺。說不定我也可以用這樣的方式過活？」

我隔著欄杆，仰望楓就讀的這間高中的校舍。這棟聽說才剛改建的五層樓校舍，有一部分有著玻璃落地窗，從外頭可以看到學生們各自以自己的方式在度過午休時間。女生們在聊天，男生們則追來追去；有演奏樂器的團體，有練習跳舞的團體。相信這一定是一幅平凡無奇、隨處可見的光景。

楓眨了眨眼，彷彿看穿我心思似地說：

「可是，你在猶豫？」

「……」

「是為了你師父？」

「……嗯。」

*

『……後來九太與熊徹之間出了什麼事，就由我來說吧。

等到太陽下山，九太回來了。他一走進小屋，就以迫切的眼神注視著熊徹。我和多多良從他這種與平常不一樣的表情中，看出事情非比尋常，只能在房間角落觀望。

熊徹始終背對著九太，問道：「你去哪裡？」

「我有事要跟你商量，請你認真聽我說。」

「不用練武了嗎？」

「聽我說，事情是這樣的……」

「你覺得翹掉練武也沒關係嗎？」

「熊徹，你就聽他說吧。」我插嘴說道。

但是，說不定熊徹打從一開始就沒打算聽。

「別說這個了，那是什麼玩意兒？」

熊徹這麼說著扔到書桌上的，是一本數學課本。

「那放在你床上，你給我解釋清楚。」

九太看著這本課本沉默了一會兒後，似乎下定決心，抬起頭說：

「……我想去讀人類的學校。」

「什麼？」

「我想了解別的世界。所以……」

「你應該有比這種事更非做不可的事情吧？你的目的不是變強嗎？」

「我已經變強了。」

「啥？別讓我笑掉大牙啊。」

「我已經變得夠強了。」

熊徹突然起身，指著九太說：

「你哪裡強了？啊？」

看到熊徹這種高高在上的態度，九太似乎大感失望，自言自語似地垂頭喪氣說：

「……每次跟你說話都會這樣。你都不聽我說話，只顧著嚷嚷自己想說的話。」

「你就說說看啊，你幾時變強了！」

「算了啦。」

「慢著，你要去哪裡？」

「我還有一件事要說——我找到爸爸了，要去爸爸那裡。我現在做出了決定。」

「……你說什麼！哪有……」

熊徹因為打擊太大而張大了嘴巴合不攏，說不出話來。

九太抓起課本放進書包裡，彷彿要揮開這一切似地走出屋子。

「……喂！慢著。喂！不要走！」

熊徹慌了手腳，急忙跑下石階，繞到九太身前，張開雙手擋住他的去路。九太不耐煩地大聲說：「讓開啦。」

「我不讓你走！」

熊徹似乎想強行阻止九太。

但九太忽然抓住熊徹的衣領。

「啊！」

當熊徹注意到時，他已經被摔了出去。是九太使出一記乾淨俐落的掃腰。熊徹無從抵抗，發出「咚」的一聲難看地被重重摔在地上。看到他這可悲的模樣，九太一瞬間露出難過的表情，但立刻轉身走遠。

熊徹站起來，哀求似地大喊：

「不要走，九太！九太！」

但九太頭也不回地走下石階。

「九太！」

熊徹的呼喊並未傳進任何人耳裡，消逝在夜色之中。

蔚藍的天空將夏季的積雨雲襯托得格外清爽。

熊徹庵的前院裡，一群乳臭未乾的徒弟正在練武，他們被熊徹吼得縮起了身體。

「不對！不對不對不對！你們為什麼不懂？」

「對不起。」

「開竅的傢伙應該一聽就懂吧？」

「對不起。」

「不要動不動就道歉！」

「對不起。」

「夠了！回去！」

熊徹掀開布簾回到小屋子裡，也不理會待在客廳的多多良和我，直接走進廚房，用馬口鐵杯大口喝起水龍頭的水，這充滿火藥味的態度讓我們面面相覷。多多良一臉受夠了熊徹這陣子暴躁脾氣的表情說：

「真沒想到事到如今，他爸爸才突然冒出來。」

「他真的決定不回來了嗎？」

「怎麼可能會回來？」

「少了九太，熊徹就會變回原來那個沒用男。」

「不，已經……」

熊徹突然把馬口鐵杯扔過來。

「少囉唆！」

「你幹什麼！很危險耶！」

多多良握著拳頭站起身，但熊徹連看都不看他一眼，大步走出屋子。他獨自站在徒弟們已經離開的前院，駝著背坐下。

從那天晚上之後，熊徹一直是這模樣。他不顧周遭的困擾，胡亂宣洩心中的煩躁。不過，我自認為我很清楚這個時候的熊徹為什麼如此暴躁。因為即使是他那樣的傢伙，如今也已認為自己在當九太的爸爸。相信是九太突如其來的離開讓他方寸大亂，而他對此無能為力……』

＊

蔚藍的天空將夏季的積雨雲襯托得格外清爽。

「你猶豫的事，都解決了嗎？」

楓湊過來看著我的眼睛問道。

「……」

「原來沒解決啊。」

我明明什麼話都沒說，卻被楓給說中了。

坦白說，我腦子裡一直揮不開熊徹。

我本來不是打算那樣子離開，而是要坦白說出自己的心意，跟他商量看看該怎麼辦才好。我希望他和我一起想，可是事情就是不如我意，說著說著就變成那樣。也許是我搞砸了，我在後悔，可是已經沒辦法復原。

「他跟我已經無關。」

我像要揮開這一切似地回答。

「我等一下就要去見我爸爸，這個問題就解決了。」

「你是不是在勉強自己？」

「我為什麼要……」

「我今天會一直待在圖書館，有什麼事就來找我吧。」

楓以擔心的眼神目送我離開。

「……蓮！」

爸爸在傍晚商店街裡往來的人潮中等著我。他一發現我，就舉起肩上還掛著包包的手，對我露出開朗的笑容。

但我卻沒辦法以笑容回應他的笑容。

爸爸朝我舉起超市的袋子。

「今天的晚餐是火腿蛋包飯。我們回家一起做來吃吧。」

火腿蛋包飯是我以前愛吃的東西。

「嗯。」

我只好強顏歡笑。

走回公寓的路上，爸爸牽著腳踏車，一直和我說話。我踩著無力的腳步，低頭跟在他身後。爸爸不提以前的事，反而淨說些最近發生的無關緊要的小事，感覺像是硬要填補空檔。我也不應聲，只是一直聽著他說話。

爸爸似乎看準了時機，慎重地提起：

「……對了，關於這些日子裡照顧你的人，你可不可以跟爸爸說得清楚一點？」

「咦？」

「我得去跟他打聲招呼才行，還要好好答謝對方，然後我們兩個人再一起生活吧。」

「……等一下。」

我嚇了一跳，忍不住停下腳步。

爸爸停下牽著的自行車，回過頭來。

「嗯……這不是理所當然的嗎？」

「可是……」

要把這些年來我待在哪裡、怎麼生活等等情形，全都說明讓爸爸知道，是非常困難的事。所以我之前只說有人在照料我，這也難怪爸爸會想知道得更詳細。

但話說回來，我和爸爸的距離並沒有近到能夠讓我放心地說出一切。畢竟我們之間還是維持著分開生活整整九年的距離。

「……這些時間沒辦法一下子就填補起來啦。」

「……對喔，我忍不住心急了。」爸爸顯得很過意不去。「就是說啊，大人過的時間和小孩子過的時間是不一樣的。對我來說，和你媽媽還有你一起度過的日子，感覺就像昨天發生的事……」

「昨天……」

我們之間的隔閡實在太大，讓我驚愕得說不出話來。

「對不起，我太心急了。」爸爸露出溫和的笑容遠望天空說：「我們就一點一點地慢慢重新來過吧。讓你可以把這些日子以來難受的事情全都忘掉，以後才能往前看……」

我胸中突然有個東西動了，這個東西轉眼間就支配我全身，轉化為具有攻擊性的衝動。我發出低沉又尖銳的聲音逼問爸爸：

「你說重新來過，是要把什麼東西重新來過？」

「咦？」

我的態度驟變，爸爸嚇一跳似地回過頭來。

「你為什麼一口咬定我這幾年一定過得很難受？爸爸又懂我什麼了？」

「蓮……」

「你明明什麼都不知道，不要說得你好像都明白一樣！」

「蓮，我是……」

這時，一陣忽然爆出的天真笑聲，從我與爸爸身旁掠過。那是一群騎著自行車經過、參加完社團活動要回家的高中男生。我宛如被潑了盆冷水，剛才的氣勢急速衰退。剩餘的衝動無處可去，我自言自語地說：

「……你不知道也是當然的啊，畢竟我什麼都沒說……對不起，今天我就不過去了。」

我忍不住像要甩開爸爸似地轉身走遠。

「蓮，以後你要怎麼做，你儘管自己決定。可是——」

爸爸的嗓音從後方刺進我心裡。

「可是，你不要忘了，只要我辦得到，不管什麼事情我都會盡全力去做。所以——」

我氣沖沖地走在天色變暗的街上。

「……我到底是怎麼了？我想怎樣？為什麼我要對爸爸說出那種話？」

先前在我胸中蠢蠢欲動的是什麼東西？我腦子裡一團亂，連自己都搞不清楚自己是怎麼一回事。我感到無地自容，彷彿企圖逃跑似地快步行走。

忽然間，腦海中有個聲音響起。

——不要走。

是熊徹。

我搖了搖頭。

「可惡！為什麼我要想起那傢伙……」

爸爸露出溫和的表情對我說：

——我們重新來過吧。

我搖搖頭。

「可惡！」

熊徹又在呼喊：

——不要走！

那我到底該去哪裡才好？

「該死該死該死！我不懂啊！」

我無法不奔跑。

不知不覺間，我已回到熱鬧的澀谷街上。

「呼！呼！呼！呼！」

我停下腳步，手撐在膝蓋上調整呼吸。街上還是一樣有著滿滿的人潮，來往的人們全都顯得很開心。在這種吵鬧的地方，低著頭的肯定只有我一人。

道路對面的大樓前有個招牌在發光，我注意到在這些光芒當中，有個東西搖曳著慢慢浮現出來。

「……嗯？」

搖曳的東西慢慢匯聚成像，形成清楚的形體。

（討厭死了……討厭死了……）

我倒抽一口氣。

「……咦？」

（討厭死了……討厭死了……）

那是個小孩子的影子。

「那是……以前的我……」

我想起來了，那是九年前我逃離本家的那些親戚時留在這裡的影子。影子似乎想說些什麼，慢慢轉身朝向我。接著，影子的胸口開出一個很大的洞。

「……洞？這是怎麼回事……」

小小的影子嘴角一揚。下一瞬間——

「啊……？」

影子忽然消失了。

我趕緊四處張望，但只看到坡道上來來往往的人潮，找不到影子。在哪裡？它跑去哪裡？

影子並不是消失了。

它是繞到我的身後。

「！」

回頭一看，大樓櫥窗形成的鏡子裡，映照出來的不是我的身影，而是我的影子笑得嘴角上揚的模樣。

它胸前開著的洞形成漩渦。

那是個凹陷的無底空洞。

「……這是怎麼回事……？」

我震驚不已，一把抓住自己胸口，但那裡當然沒有什麼空洞。然而，眼前我自己的影子身上確實開著一個大洞，空在胸口處明確地顯示出破損。我用力搔抓自己胸口，感覺快要發瘋似地看了影子一眼。影子詭異地笑著，硬要把破損的空洞秀給我看。我只差一步就要瘋了。

「哇啊啊啊啊啊啊啊！」

我放聲大喊，拔腿就跑。

等我來到圖書館，館內的燈都已經熄滅，只剩下外面的告示板螢光燈發出明亮的冷光。我拖著跑得筋疲力盡的身體，攀上關起的門，想用蠻力開門。

門打不開。

楓多半已經回去了吧？畢竟圖書館都關門了，這也是理所當然。我死了心放開手。要去哪裡才好？哪裡都不是我該去的地方。

「……蓮？」

我聽到有人呼喚我。

告示板的燈光後，站著抱著書包的楓。

「你的表情好可怕，簡直不像是你。」

楓在我們去過的神社停車場，看著我這麼說。

胸口悶得讓我沒辦法正眼看楓，只好以手摀著臉，從指縫間像瞪人似地看著她。

「……告訴我。我到底……是什麼東西？是人類？還是怪物？」

「怪物？」

「還是說，是醜陋的妖怪？」

「你在說什麼？」

楓一直注視著我，彷彿要看穿我心中深沉的黑暗。

「楓，告訴我。我是……」

我遮住臉，踏著搖搖晃晃的腳步走向楓。楓將書包牢牢抱在胸前，充滿戒心地往後退。我為了不讓她跑掉，張開雙手整個人壓上去。停車場的鐵絲網發出「鏘」的一聲劇烈晃動。

楓背靠著鐵絲網，縮起身體，發著抖說：

「蓮，你不正常……」

「我到底……我……」

我低吼著逼向楓。

「！」

這時，楓下定決心似地瞪向深沉的黑暗，接著宛如要揮開這股黑暗，用力甩了我一巴掌。

我被打得茫然若失，不知道發生什麼事。全身力氣迅速流失，隨時都可能昏倒似地踉蹌著後退。楓見狀立刻站直，手繞到我脖子後面把我拉過去，我們兩個就這麼靠到鐵絲網上。楓一直緊緊抱住我，彷彿不想讓我被某種東西拉走。

「……我有時也會難受得不知道該怎麼排遣，想說這一切我都不管了，隨他們去吧，想把一切都從體內嘔出去。不只是你，也不只是我，相信大家一定都是這樣。所以……不會有事……不會有事的。」

楓彷彿說給自己聽似地輕聲說道，閉上了眼睛。

我被楓擁在懷裡，感受著胸悶漸趨緩和，最後終於能夠抬起頭來。

我和楓面對面，好好看著她圓滾滾的眼睛。

「謝謝妳，我鎮定下來了。我去冷靜冷靜，然後再想一想。」

楓露出鬆一口氣的笑容說：「太好了，變回平常的蓮。」

然後，她忽然想到什麼似的，手指放到右手手腕上，解下那條紅色絲線。

「這是我小時候喜歡的書裡面夾的書籤繩，它幫了我很多。」

楓把我的右手拉過去，將紅線綁到我手腕上，並要我答應她：

「要是你覺得自己危險，或是陷入剛剛那種心情裡，就要想起它。」

我盯著她幫我綁在手腕上的書籤繩。

楓說：「這是護身符。」

回到澀天街一看，我嚇了一跳。

街上每一個地方都張燈結彩。無論是有著霓虹燈的門上、水塔上，還是沿著河岸種植的樹上，都醞釀出一種慶典似的熱鬧氣息。

「……什麼？這是什麼情形？」

我不明所以地四處張望，只見豎立在廣場的巨大燈籠上，畫著熊徹與豬王山的輪廓。這是怎麼回事？

「九太！」

我聽到有人叫我而轉過身去，看到二郎丸滿臉笑容地站在那裡。

「到我家坐坐啦。」

二郎丸的家——也就是豬王山的大宅，位在澀天街東側山丘上最好的土地。大大的紙門上繪有山豬與竹子，裝飾在有如美術館般寬敞的和室客廳中。相信除了宗師庵以外，澀天街再也沒有哪間宅邸像這裡這麼大。

二郎丸住在這麼大的豪宅裡，個性卻純樸而不矯飾。我們從小時候就會像現在這樣，悠哉地坐在簷廊前的陶器椅子上閒話家常。我們看著維護得很好的竹林庭園，喝著二郎丸的母親為我們端來的茶，吃著點心。

「宗師突然決定了日子，所以整個城市都忙著準備。」

「日子？」

「明天就是我爸爸和你師父分出高下的日子啊。就是決定新宗師的比試……」二郎丸瞪大眼睛問我：「難道你不知道嗎？」

我微微低著頭回答：「其實我跟他有點鬧翻了，弄得很尷尬，因而好一陣子沒有見面。」

「這樣啊……不過我這陣子也都沒有見到爸爸，因為他一直忙著練武。雖然很寂寞，但這也沒辦法，畢竟我希望爸爸打贏。你也不希望你師父打輸吧？所以別說什麼尷尬不尷尬，去幫他加油嘛。」

二郎丸鼓勵我。

「……嗯。」

「不管誰打贏，我們都是朋友。」

二郎丸站起來，露出陽光般的笑容朝我伸出右手。他的眼神純真，表裡如一。我也起身握手回應。

「當然。」

「但願這一戰打得很精彩。」

「是啊。」

我們對看一眼，相視而笑。

「二郎丸。」

我聽到有人呼喚，轉頭一看，在拉開的紙門後看到一郎彥的身影。我們都沒發現他早已站

在那裡，微笑地看著我們。

「哥哥。」二郎丸露出笑容應聲。

一郎彥以格外溫和的眼神看了弟弟一眼。

「不可以把九太留太久，這樣會給他添麻煩的。你看，都要傍晚了。我送他到玄關吧。」

庭院裡暮蟬叫得唧唧作響。

我和一郎彥一起走在沒有人的竹林裡。

一郎彥還是老樣子，把圍巾圍了好幾圈，遮住嘴邊。

讓他送我，感覺很不可思議。畢竟如果是小時候也就罷了，但最近我們連說話的機會都非常少。我逕自猜想他會主動說要送我，也許是有話想對我說，所以腦中胡思亂想地準備了很多答案，結果一郎彥始終什麼話都沒說，讓我有種撲空的感覺。

來到小小的門前不遠處時，一郎彥轉過身來。

「謝謝你。那我……」

這時——

一個像是竹片的物體飛過來，擦過我的臉頰。

「！」

剛剛那是什麼？

一郎彥看準我退縮的動作，一拳朝我打來。

「咦？」

這一下讓我措手不及，腹部被這一拳打個正著。

我還來不及懷疑為什麼，整個人就倒在地上。

一郎彥眼中閃爍著一種難以言喻的不祥光芒。他滿懷恨意，一次又一次地不停踹我。

「去你的……精彩的比試？別開玩笑了……像你這個人類……還有熊徹那樣的……半吊子……就該認分點……好好當個半吊子就好！」

我從未見過一郎彥這模樣，做夢也沒想過從小就是模範生的一郎彥，竟然暗中有著這麼暴力的一面。我完全無法抵抗，任由他毆打，一心一意地持續忍受著疼痛。

過一會兒，一郎彥似乎踢夠了，終於不再踹我。飄在空中的竹片紛紛落地。

「……懂了嗎？」

這時我看見了。

看見一郎彥離去時，胸口開出一個黑色的空洞。

跟我一樣，他胸口也開了個空洞。

——空洞……為什麼？一郎彥……有和我一樣的空洞……為什麼……？

暮蟬唧唧的叫聲仍在竹林中響個不停。

競技場

『……這一天，所有澀天街的怪物都一起湧入競技場。

熊徹與豬王山一決雌雄的日子終於來了。

這同時也是決定誰才是新一任宗師的日子。

從競技場頂蓋上開出的圓形大洞，可以看到萬里無雲的夏季天空。頂蓋下則垂掛著形形色色的大型布幕，以充滿「布城」澀天街的風格，將這個大日子妝點得熱鬧非凡。容納數高達五萬的觀眾席，籠罩在昂揚與熱情當中，到了中午就已經達到超級客滿的擠沙丁魚狀態。在兜售飲料與點心的小販此起彼落的叫賣聲裡，四處都傳來各式各樣的交談聲：

「我押豬王山。」「我押熊徹。」「應該是熊徹會贏吧。」「不，是豬王山會贏。」「當然是豬王山會贏。」「不，搞不好意外是熊徹獲勝啊。」

小孩、年長者、女性、男性、有錢人、工匠……各式各樣的怪物在同樣的座位上比鄰而坐，看著競技場中央的圓形廣場，各自預測著勝敗。看得出大家有多麼期待這一天的來臨。

喜歡賭博的那三名狼怪，也在怪物們擠得水洩不通的觀眾席角落，把臉湊在一起竊竊私語地開賭。

「我押豬王山。」

「我押熊徹。」

「我……啊啊，好難決定！」

宗師身穿繡有典禮用刺繡的華服發表演說：

「我煩惱了很久！自己到底要當什麼神來加入諸神的行列，這個問題讓我九年來煩惱、煩惱再煩惱！」

他開了個略顯誇張的玩笑後，平靜地環顧觀眾席。

「不過，我終於決定了。」

一個面相純樸且蓄滿鬍鬚的年輕傢伙，從觀眾席上起身問：

「那麼，請問您要當什麼神？」

宗師回答：

「簡單，就是決斷力之神。」

全場湧起笑聲。慶祝宗師退隱的心情，自然而然醞釀出盛大的掌聲，看得出大家有多麼愛戴宗師。

「比試結束之後，我要藉助諸位賢人的力量進行轉生儀式，還請各位拭目以待。」

說完，宗師就回到座位上。

接著，主審以響徹會場每一個角落的粗豪嗓音宣告：

「我們即將進行決定澀天街新一任宗師的儀式！候選人上前！」

觀眾席上發出「唔喔喔喔喔」這般撼動地表的歡呼聲。

披著披風的豬王山從西側門進場。他領著一郎彥與負責提刀的二郎丸，身後跟著一群身穿同款外褂、體格健壯的徒弟。

東側門則是熊徹大爺進場。

我和百秋坊走在他身後，更後頭則是熊徹庵那群乳臭未乾的徒弟們跟著魚貫進場。他們似乎被這寬廣的會場震懾住了，竟然張大著嘴巴四處張望。

我看了看雙方的陣仗說：

「哇，如果只看徒弟，我們明顯被比了下去啊。」

「要是九太在就好了。」

百秋坊發牢騷似地說道。這是當然，要是九太在，才不會讓那個滿臉青春痘、乳臭未乾的

小子幫熊徹提刀。

熊徹始終表情黯淡，低頭不語。打從九太離開的那一晚，他一直是這副德行。這傢伙真讓人拿他沒辦法，我不耐煩地瞪了他一眼。

「你幹嘛一臉苦瓜臉？比試就要開始了，你有沒有搞清楚啊？」

熊徹忽然停下腳步，用力搖了搖頭，宛如要揮開這一切似的，突然大聲咆哮。

「唔喔喔喔喔喔喔喔喔喔喔！」

他的大嗓門讓我們嚇了一跳，不由得摀住耳朵。

「哇，吵死啦，笨蛋！」

豬王山看到他這模樣，嘴角一揚，像要回應熊徹似地跟著大吼。

「唔喔喔喔喔喔喔喔喔喔！」

兩者的咆哮對抗，讓觀眾席上的怪物們也接連起身大吼。

唔喔喔喔喔喔喔喔喔喔！

無數野獸的咆哮宛如連鎖反應似地傳開，隨即籠罩住整座競技場。

當時，我們和熊徹都不知道，在這樣的觀眾席上，混進了用斗篷完全遮蓋住頭以掩飾身分的九太。

比試開始的時刻一步步接近了……

『……我一直盯著在競技場上對峙的豬王山與熊徹。

豬王山的打扮，是肩上裝飾著祭禮用的豪華羽毛，雙手戴著釘上鉚釘的鞣製皮革護具，腰間繫著典禮用的注連繩（註9）做為腰帶，並將那把刀鞘與刀鍔綁死的漆黑佩刀掛在腰間。

至於熊徹，他在肩上纏著染有太陽花紋的布，鞣製皮革護具與注連繩腰帶的打扮則與豬王山相同。他將有著朱紅色刀鞘的大太刀扛在肩上進行準備。

熊徹與豬王山的徒弟們，各自據守在東西兩側門附近的相關人士席位上。我與多多良還有熊徹庵那群乳臭未乾的徒弟，露出緊張的神情從東側門觀望。

宗師坐在特等觀眾席華美的椅子上，笑咪咪地俯視競技場。在他兩側可以看到多名擔任來賓的賢人，我們之前去旅行時見過的阿拉伯狒狒賢人、長毛貓賢人與海獅賢人也在其中。

主審的喊聲響起：

「照規矩，佩刀要連著刀鞘使用，不准拔刀。逃出場外者落敗，昏迷十秒者同樣算是落

註9：一種用稻草編成的繩子，在日本神道中具有分隔神域與人界、除厄解禍的意味。

敗。其他規矩規則也都要遵守。」

觀眾席後頭飄動著澀天街各區的旗幟，這表示從各區選出的代表組成了這場比試的裁判團。另外還有兩名副主審，以及位在正中央的主審。裁判們全都身穿搶眼的橘黑條紋狩衣（註10）、頭戴烏紗帽。

「雙方準備！」

熊徹雙手前伸，沉腰擺好架式。

豬王山保持直立不動，手慢慢握住刀柄的柄頭。

怪物們屏氣凝神地觀看。

整個競技場鴉雀無聲。

接著……

「開始！」

比試在主審的宣告下開始了。

同時，熊徹朝豬王山犀利地衝刺。他的大太刀左右劇烈晃動，豬王山則沉腰準備接招。

「喔啦啊啊啊啊！」

熊徹來到豬王山身前時，全身毛髮出其不意地鼓脹，變身成野獸型態。他的肌肉大幅鼓

起，手臂與背上的護具應聲迸開。

「竟然劈頭就變身！」

多多良大喊。

豬王山以右手格開熊徹的第一拳，但熊徹龐大的身軀撞開他的格擋，接連打出第二拳、第三拳。豬王山後仰閃身躲過，但躲不開熊徹接著揮出的左直拳，被迫硬擋。

熊徹的猛攻，打得豬王山無暇還手。

「熊徹占上風？」

我覺得意外，徒弟們則為熊徹占據優勢而歡欣不已。

但多多良一副坐立難安的模樣說：

「那傢伙都不考慮體力分配……」

「喔啦啊啊啊啊啊！」

熊徹大吼一聲打出右拳。

註10：在日本平安時代為公家的便服，也是武家的禮服。本來是在打獵時所穿的運動服裝，袖子跟衣服的本體並沒有完全縫合，這是為了方便運動。

豬王山雙手交叉，擋住這一拳，卻被打得飛了起來，重重撞在牆上。
「爸爸！」
二郎丸從相關人士座位上發出擔心的呼喊。
一郎彥不耐煩地往旁邊看去，吼說：「閉嘴看下去就對了。」
煙霧瀰漫之中，看得見豬王山緩緩將刀連著刀鞘抽出來，彷彿絲毫未受到損傷。
熊徹為了乘勝追擊，四腳著地往前衝。
豬王山優雅地停下腳步，拿著手上的刀擺出擊劍般的架式。會場上傳來驚呼聲，日本刀有這樣的攻擊方式嗎？
面對以巨大身軀衝來的熊徹，豬王山宛如鬥牛士般，故意拖延到最驚險的一瞬間才閃過。他面對熊徹的第二次衝撞時，也是擺好了架式等待，並以毫釐之差躲過。看來他是在測量正確的間距。豬王山在閃避熊徹的第三次衝撞時，還做出特技表演般的空翻動作，連著地姿勢都十分完美。
「喔喔喔喔喔！」
競技場上歡聲與掌聲雷動，氣氛轉眼間就被豬王山的表現顛覆過來。
「看吧！」一郎彥說得十分自豪。

豬王山彷彿在說遊戲到此為止，迅速揮刀劃開飛揚的塵土，以犀利的沉腰架式迎向熊徹。相較之下，熊徹則像隻愚昧的野獸，只會一再蒙頭衝撞。

雙方在競技場中央硬碰硬地撞在一起。

巨大的聲響中，大批塵土揚起，看得到豬王山轉身重新擺好架式的模樣。再朝另一邊看去，則可以看到已經變回原來大小的熊徹在地上打滾，掀起了大量塵土。

我們有的抱頭、有的遮住眼睛，不禁發出哀號。

「唔唔唔……該死！」

熊徹四肢著地，搖了搖頭。不管看在誰眼裡，都看得出他受創嚴重。

這時，有個物體掀起一陣砰砰作響的地表震動聲，破開煙霧衝了過來。

那是獸化成巨大山豬的豬王山。

熊徹趕緊起身，但還是來不及，被山豬撞個正著。這一撞讓他背上的大太刀鬆脫，飛到場上老遠的地方。

「該死！」

熊徹急忙跑過去想撿起刀。

但豬王山不允許他這麼做，搶先繞到熊徹前面擋住去路，並用鼻子發出嚄嚄聲威嚇。

熊徹被擋住去路，動彈不得。

二郎丸大聲歡呼，一旁的一郎彥則露出胸有成竹的表情。

「真不愧是爹。」

巨大山豬衝刺，撞得熊徹高高飛起。有一就有二、有二就有三，熊徹一再輕易中招，彷彿比試剛開始時他所占的優勢都是假的。

「不妙啊。」

多多良豎起膝蓋，咬著手指排遣焦躁。

我也臉色鐵青。「白白挨這種打……」

巨大山豬將腳步踉蹌的熊徹耍得團團轉，攻擊毫不留情。

看在特等觀眾席上的賢人眼裡，優劣也已經十分明顯。

「看來……」

「……勝負已定啊。」

宗師什麼都沒說，只是一直看著場上的情勢。

只見熊徹毫無招架之力，一再受到攻擊。他全身接連多出新的跌打傷，光是站著就已經竭盡全力。

多多良滿心想幫忙卻無能為力，忍不住站起來。

「熊徹！你就這麼玩完啦！」

他握緊拳頭這麼大吼。

但緊接著，熊徹被豬王山像垃圾一樣高高頂起。

這是決定性的一擊。

熊徹慢慢飛上天，然後難看地摔到地上。

「喔喔喔！」

觀眾席上的怪物們接連站起。有人張開雙手高喊萬歲，有人用雙手抱住頭發愁；有人露出歡喜的笑容，有人擔心地摀住嘴觀看……

「一！」

主審開始倒數了。

熊徹仍然呈大字形躺在地上，一動也不動。

「二！三！」

一旦昏厥十秒，就會輸掉比試。

「四！五！」

自各區推派出來的裁判接連站起身，為了見證勝敗。

「六！七！」

熊徹仍然昏迷不醒。

「八！」

就在這時，有個男子從東側門最前排探出身體。

「九太？」

二郎丸認出他，驚呼出聲。

這一瞬間，熊徹的身體忽然猛力抽搐一下，看來他恢復了意識。

主審的倒數在即將數到「九」時停下來。

站在最前排柵欄上的人，的確是九太。

聽得到怪物們在竊竊私語：

「是九太。」「竟然是九太？」「是熊徹的大弟子九太。」

天啊，原來九太就在競技場裡，一直看著熊徹戰鬥。想必是看到熊徹落入下風，九太才忍不住跳出來。

「嗚嗚……嗚嗚嗚……」

熊徹雖然清醒過來，但仍難受地喘著大氣，趴在地上爬不起來。

我驚覺過來，以懇求九太的心情大喊：

「九太，拜託你！幫熊徹加油打氣！」

我想在這種狀況下，能賦予熊徹力量的，就只有九太的鼓勵了。

然而，九太先深深吸一口氣之後——

「你這笨蛋在搞什麼鬼啊！」

九太俯視熊徹，卯足全力大吼，而且是與鼓勵正好相反的斥責聲。

「趕快給我站起來！」

但這道喊聲卻讓熊徹睜開眼睛。他忍著傷處的疼痛，掙扎著想爬起來。

「……你這小子都跑掉了，竟然還有臉冒出來……」

「我才要問你，你這狼狽的模樣是怎麼回事？沒出息！」

「……臭小子，你說什麼！」

我看看熊徹又看看九太，當場臉色蒼白。

「不要在這種時候對罵啦！」

「饒了我吧。他們為什麼老是這個樣子？」

多多良抱著頭這麼說。

但九太以強而有力、毫不動搖的聲音，持續對熊徹大吼：

「別磨磨蹭蹭了。就算只有你一個，也要趕快打贏好不好！」

「……哼！用不著你多管閒事……我也不會輸啦！」

這一瞬間，發生了不可能的事。

只見熊徹彈了起來，甚至還因用力過猛導致整個身體離地。

「唔喔喔喔喔喔喔喔喔喔！」

他的咆哮響徹整座競技場。這是熊徹復活的咆哮。

「……咦？」

正要走回西側門的豬王山聽見這聲咆哮，轉過身來。

熊徹「砰」的一聲著地後，立刻全力奔向他的大太刀。

豬王山注意到他的意圖，趕緊飛奔過去阻止。

熊徹彷彿野生猴子似地全力跑向大太刀。

「喔喔喔喔喔喔喔！」

但豬王山搶先一步抵達大太刀的掉落處，並舉刀擺出架式，擋在去路上不讓熊徹通過。

然而……

「！」

豬王山尚未看清楚來勢，熊徹就已從他身旁輕巧地溜過，接著以滑壘的動作抓住地上的大太刀。

看到熊徹完全復活，會場上歡聲雷動。我和多多良則沉浸在一種難以言喻的虛脫感中發呆。他們兩個遠遠超出了我們的想像。

貴賓席上的賢人們紛紛表示佩服。

「竟然還想打啊。」

「越來越有意思了。」

宗師笑咪咪地回答。

熊徹將大太刀舉在身前，邊將刀慢慢放到下段位置，邊轉身面向豬王山。豬王山也將刀由中段舉到上段位置，面向熊徹。

兩把刀在競技場正中央劇烈互擊，發出「鏗」的一聲。

局勢轉為平分秋色。

九太從東側門拚命扯開嗓門大喊：

「這刀是右邊！閃身！反擊！」

熊徹彷彿真的在照九太的指示應戰，後仰閃身躲過豬王山自右中段位置揮來的一刀，接著展開反擊。

「行得通！中段！」九太持續呼喊。

雙方一步也不肯退讓，刀與刀激烈的撞擊持續不斷。這番對抗極其劇烈，熊徹甚至全身冒出熱氣。

多多良與我看到熊徹的表情，當場啞口無言。

「……你看看那傢伙的表情，他竟然在笑。」

「是和九太一起練武時的表情。」

「怎麼可能？現在是在比試耶。」

「因為九太回來，他太高興了。」

熊徹面帶笑意地揮刀。

阿拉伯狒狒賢人佩服地沉吟：

「他的心現在處於超越眼前這名對手的地方，完完全全地專注，達到無我的境界。」

「只有熊徹自己，就沒有勝算。」宗師如此斷定後，看著九太補充一句：「然而，他和九

太一起就難說了。」

熊徹毫不間斷地揮刀，形勢漸漸逆轉。

二郎丸顯得很不安，雙手合十，祈禱似地低喃：

「爸爸，加油……」

豬王山被熊徹專注的一刀打得退縮，勉強用刀鍔格擋住，卻就此被逼得節節敗退。如今無論看在誰的眼裡，都看得出是豬王山處於劣勢。

「啊啊！要輸了！」

二郎丸忍不住喊了出來。

就在這時——

「嘎啊！」

他被人一拳打得臉龐幾乎變形，且被掀倒在地。

「閉嘴！」

放倒他的是盛怒的一郎彥。

「爹怎麼可能輸給熊徹那種貨色！就憑熊徹那種貨色——」

「……哥哥……？」

見到兄長忽然變了個樣，讓二郎丸愣住了。

「九太……」

一郎彥以恨意更增的眼神瞪著九太。

但九太根本沒注意到，只是一心一意地不斷朝熊徹喊話。

「臭傢伙，只不過是個人類……」

一郎彥的恨意更盛。

「唔喔喔喔喔喔！」

豬王山發出咆哮助勢，轉守為攻，用刀鍔將熊徹往回推。

刀鍔與刀鍔互抵，大太刀幾乎折彎。

「嗚嗚嗚……」

熊徹臉上露出被逼急的表情。

「不要被逼退！不要輸！」九太握緊拳頭，持續拚命呼喊：「拿出你的蠻力來！」

「嘎嘎嘎！」

汗水接連噴出。熊徹雖遭到一股巨大的力量硬推，卻仍然頂住了。

「喔啦！」

他以渾身蠻勁把對手的刀鍔推回去。

熊徹，中段。

豬王山，上段。

兩把刀劇烈互擊。

鏗——

刀鞘與刀鞘劇烈震動。

豬王山的黑色刀鞘，發出「劈」的一聲竄出一道小小的裂痕。這道裂痕轉眼間就擴散至整副刀鞘上。

一瞬間過後，豬王山的刀鞘應聲碎裂，只留下刀身。

「就是現在！」

九太尖銳地一喊。熊徹呼應他的喊聲，回身丟下手上的大太刀。

「什麼！」

豬王山猜不出他的意圖。

只見熊徹以撐在地上的手為軸心，飛身往豬王山拿著刀的手踢出一腳。

刀從豬王山手上飛出去，射向特等觀眾席，驚險地從宗師身旁掠過，插在華美座位的椅背

上，讓宗師發出一聲驚呼。

豬王山一退讓，熊徹就一拳全力打向他的側臉。

雖然豬王山也出拳，但遲了那麼一點。

「唔喔喔喔喔喔喔喔喔喔喔！」

汗水彷彿浪花般飛濺。

熊徹一拳打在豬王山臉上。

「！」

競技場頓時變得鴉雀無聲。

豬王山被這一拳打個正著，踉蹌了幾步，想重新站穩腳步卻辦不到，直挺挺地倒了下去。

主審的聲音響起。

「一！二！」

大家都啞口無言，無法動彈。

「三！四！」

二郎丸與豬王山的徒弟們自是不用說。

「五！六！」

連多多良與那些乳臭未乾的徒弟們也是屏息以待。

「七！八！」

在場的所有觀眾都一樣。

「九！十！」

接著，主審舉起十根手指。

「勝負已定！熊徹獲勝！」

主審做出宣告的瞬間，競技場上響起如雷的掌聲，祝福的紙片灑得讓人幾乎看不見前方。每個觀眾都露出心滿意足的笑容。這和支持豬王山還是熊徹無關，他們臉上只有看到了一場精彩比試的滿足表情。

渾身是傷的熊徹轉過身去，慢慢走向九太。九太自柵欄上下來回到觀眾席，迎接熊徹。熊徹在九太身前停下腳步。

九太一直看著熊徹，靜靜說道：

「別害我看得心驚膽跳啊。」

「我又沒叫你擔心。」

「真虧你打得贏。」

「想也知道我會贏吧？」

「鬼扯，你明明就快癱倒了。」

「少囉唆。」

九太舉起手，手掌朝向熊徹。

熊徹也舉起手，手掌朝向九太。

「啪」的一聲，兩隻手掌重疊在一起。

九太露出疼惜的眼神看著熊徹，熊徹也自豪地看著九太，我則懷抱難以置信的心境看著這幅光景。雙方剛認識時，那樣動輒找機會鬥嘴賭氣的熊徹與九太，沒想到會出於信賴彼此而擊掌。熊徹的嘴角洩出滿意的嘿嘿笑聲，那是一種毫無雜質的純真笑容。我不禁想說，熊徹會有這樣的笑容，既不是因為贏得比試，也不是因為得到宗師的寶座，多半是因為得以和九太團結一心、並肩作戰，這讓他心滿意足。

「慶祝新宗師誕生！」

觀眾席上湧起毫不吝惜的掌聲。

豬王山起身後，露出溫和的眼神看著熊徹師徒。

「……你有個好兒子呢。」

他身邊的徒弟發出「啥？」的一聲反問，但豬王山並未回答，只對在場邊等候的其他徒弟們說了聲：「我們走。」

「呵！呵！呵！」

宗師看似對這一切都感到心滿意足。

他接著回過頭去，朝自己的椅背看了一眼，突然發現一件事。

「……剛才插在這裡的豬王山那把刀……不見了？」

宗師驚覺不對，轉頭望向場上。

這時——

有個物體在紛飛的大量紙片中高速移動。

那是豬王山的刀。

只聽見「噗」的一聲悶響。

「……咦？」

九太不明白眼前發生了什麼事。

只見熊徹的手漸漸離開九太的手。

熊徹往後踉蹌退開，醒目的紅色在他腳下滴成點點紅漬。熊徹茫然地俯視這些紅漬，呻吟

著說：

「這紅色……是什麼東西……？咦……？九太，現在是什麼情形？」

他求救似地看向九太。

刀從背後刺穿了熊徹的身體。

就在這時，一陣突如其來的笑聲，迴盪在鴉雀無聲的競技場內。

「啊哈哈哈哈哈哈哈哈哈哈！」

豬王山震驚地回頭看向相關人士席。

「！」

他看見一郎彥伸出左手的身影。

「爹！我用我的念動力和爹的刀，分出了高下！獲勝的是您！爹怎麼可能輸給熊徹那種半吊子嘛！」

說著，他對豬王山露出自豪的笑容。

笑容——沒錯，一郎彥的圍巾鬆開，露出他先前一直遮掩住的嘴角。競技場上所有怪物都看見了，他臉上沒有豬王山或二郎丸那樣的山豬牙，也沒有長長的鼻子，徹徹底底是一張人類的臉孔。

「沒錯吧？九太……沒錯吧！」

一郎彥以瘋狂的眼神一瞪，胸口出現一團詭異的黑暗。

「那、那是什麼鬼東西！」

多多良驚愕地低呼。

「……是空洞？」

我喃喃自語。沒錯，一郎彥的胸口開出一個洞，除此之外沒有其他方式可以形容。

接著，插在熊徹背部的刀柄上，出現一團握住刀的手掌形狀黑暗。

「一、一郎彥，住手！」

豬王山急忙試著阻止一郎彥。看來他已經知道些什麼，而且在害怕某種事情發生。

一郎彥對這樣的豬王山露出微笑說：

「爹，我馬上就要了他的命，請您看著。」

他做出推左手的動作後，只見那團黑色手掌形狀的黑暗就將刀更往前推。

腳步踉蹌的熊徹在紙片滿天飛舞的競技場上跪下來，頭垂向前方。

「！」

九太只能張大嘴巴，眼睜睜看著這幅光景。

一郎彥露出輕蔑的笑容說：

「啊哈哈哈哈！九太，你看見了嗎？他活該！你聽好了，勝者是我爹豬王山！」

「蠢材！大家怎麼可能承認！」

豬王山嚴厲地斥責一郎彥。

事情發生得太突然，讓九太茫然若失。他頭髮倒豎起來搖曳著，身上穿的連帽外套宛如灌了風般不自然地鼓起。拉鍊彷彿撕開胸口似地往下拉，露出的胸口處有個黑色的漩渦狀空洞，是個和一郎彥一樣的黑色空洞……

「九太，不行！」

宗師尖銳地呼喊。

但九太似乎聽不進去，他佩在腰間的刀逕自震動，一股看不見的力量扯斷封住刀的帶子。從刀鞘中拔出的刀，宛如有念動力支撐似地飄在空中，且將刀尖指向位於競技場上另一頭的一郎彥。

「！」

一郎彥瞪大眼睛，看了九太一眼。

「你竟敢……」

九太怒氣沖沖地低聲怒吼。

「你竟敢……」

刀尖雖微微顫動，但仍正確地指向一郎彥。

「九太！你要拒絕黑暗！」

宗師再度呼喊著阻止他。

「哥哥！」

二郎丸抓住一郎彥的腳，用自己當盾牌護住哥哥。

「九太，不要這樣！啊啊！糟透了！」

豬王山悲痛得不忍卒睹。

九太燃燒著仇恨的火焰，顫抖著大吼：

「喔喔喔喔喔喔喔喔喔喔喔！」

九太的刀彷彿離弦的箭，一口氣射了過去。

刀以驚人的速度劈開空氣，飛向一郎彥。

就在這時——

「啾！」

從連帽外套底下現身的小不點，以堅定的意志迅速跑到九太頭上，並以銳利的牙齒朝九太鼻尖一咬。

「嗚！」

疼痛讓九太忍不住用右手摀住臉。

纏在手腕上的紅色絲線因此映入眼簾。

「……楓。」

九太驚覺地回過神來。

胸口的空洞急速收縮。

同一時刻，九太那把勁射而出的刀，在一郎彥面前急速靜止，失去了力道變回普通的一把刀，掉落到地上。

「九太……我絕對……饒不了你……」

一郎彥恨得發抖，胸前的黑暗不斷增殖擴張。

宗師驚愕地說道：

「黑暗……占據了一郎彥的身心……」

一郎彥全身都被黑暗籠罩住。

「我絕對……饒不了你……」

一郎彥留下低沉的幾句話後，身影一瞬間消失無蹤。

一直緊閉著眼睛的二郎丸睜眼一看，發現自己緊緊抓住的哥哥不見了。

「……哥哥？你在哪裡？哥哥？」

他嚇一跳地四處張望著尋找，但哪裡都找不到一郎彥的身影。

傍晚的夕陽不知何時照進了競技場。

「呼……呼……呼……」

一股強烈得異常的疲憊襲向九太。他全身是汗，連站都快站不住，但仍盡力微微睜開眼睛，看向身上插著刀的熊徹。熊徹趴伏在地，一動也不動。

九太在朦朧的意識中喃喃說道：

「喂……你在……睡什麼鬼啦……給我……起來……起……」

九太說到這裡就昏了過去，重重倒在地上……』

黑暗

黑暗中聽得見有人在說話。

「……九太……九太。」

呼喚聲越來越接近。

「九太……九太！」

忽然間，我看見熊徹的身影。他一如往常地站在屋子前院，在積雨雲的背景下將大太刀扛在肩上，朝我大吼：

「太慢了！太慢了太慢了太慢了！九太，你在搞什麼啊！要練武啦！」

——你很吵耶。不要吼啦。

好啦，我馬上起來，你等著——

我醒了過來。

我的頭靠在純白床單上，看來我是趴在床邊睡著了。

看得到小不點在我身邊。

「啾……啾！啾！」

牠跳來跳去，像是在呼喚我。

「……小不點。」

我半夢半醒地叫了牠一聲。

「啾，啾……」

小不點叫個不停，彷彿有話要對我說。

「……小不點，你怎麼啦？」

這裡是哪裡呢？這個大得不得了、光線又很耀眼的半球型空間，看得到仿地層紋路的木製牆壁。記得我應該是在競技場裡，看著熊徹的比試。結果熊徹打贏了，我和熊徹擊掌……

記憶總算甦醒過來。

我心下一凜，彈了起來。

熊徹處在瀕死狀態，就躺在這白色床單上。

「！」

我的心臟猛然一跳，腦子發麻，完全無法思考。

熊徹吊著點滴，全身綁滿繃帶，一動也不動。但仔細一看，看得出他的嘴唇微微顫動，有著細微的呼吸。枕邊放著他那把滿是傷痕的朱紅色大太刀。

瞧瞧他淪落成什麼模樣？我認識的熊徹才不是這樣。他應該要是個很會吼、很會吃、很會笑、活力充沛到過剩地步的傢伙，應該要是個殺也殺不死的傢伙。可是，眼前的熊徹卻彷彿光是呼吸都很費力。我做夢也沒想過熊徹會淪落到這種樣子。

眼淚忍不住盈眶。

該死！

我低下頭，忍著不讓眼淚流出來。

該死！

為什麼會弄成這樣……

我緊緊咬住下唇。

「……抱歉，一郎彥。抱歉……」

豬王山無力地坐在沙發上，無奈地這麼說。二郎丸與他母親陪在豬王山身旁。

這裡是宗師庵的客廳，在半球型的空間中，開著一扇約莫天文台螢幕大小的圓形大天窗。從天窗可見的暮色天空裡，星星已經開始閃爍。

宗師在柔和的行燈（註11）燈光照耀下說道：

「一郎彥使用的那種能力，絕非怪物的念動力。那顯然是寄宿在人類胸口的黑暗所產生的力量。」

「原來宗師您從以前就察覺到了嗎……？」

「豬王山，你把理由說給我們聽聽吧。」

「……那是我還年輕時，獨自走在人類城市裡發生的事。當時我走著走著，忽然聽見嬰兒的哭聲。那天下午下著雨，嬰兒的哭聲立刻被雨聲和飛沫聲掩蓋過去。可是我拉開斗篷的帽子仔細傾聽後，確實聽見了一個細小得像是隨時會消失的嬰兒哭聲。然而我朝大路上一看，人類的耳朵似乎完全聽不見這個聲音。我立刻想到，也許只有我能夠回應這個聲音，於是撥開往來人潮的雨傘拚命傾聽，到處走來走去地尋找。最後，我找到了發出聲音的地方。在沒有人經過

註11：一種以竹、木或金屬材質製成硬質框架，再貼上和紙而成的提燈。

的住商混合建築之間，有道小小的縫隙，一把打開的紅色雨傘就插在這道縫隙裡。一挪開雨傘，就看到傘底下有個大概八個月大的嬰兒，被人用布包裹著放在籃子裡。

我輕輕抱起嬰兒。籃子裡除了嬰兒用的玩具與水壺等物品之外，還放著一封信。看了這封信，我直覺想到這個嬰兒的雙親，肯定是有著天大的苦衷。在沒有人聽得見嬰兒哭聲的人類世界裡，相信這孩子是活不下去的。既然如此……我當場下定決心，要帶他回澀天街。也就是說，我決定要瞞著大家，暗中養育他。當然，我早就知道人類的胸口會有黑暗寄宿，但我以為只要自己好好扶養他長大，只要對他滿懷關愛，就不會有事。

現在回想起來，的確是我太怠慢、太自以為是了。

一郎彥在成長的過程中，曾一再問我：

『爹，為什麼我的鼻子不會像爹那樣變長呢？』

『別在意，遲早會變長的。』

『為什麼我不會長出像爹和二郎丸那樣的牙齒呢？』

『別擔心，遲早會長的。』

『爹，我到底……』

『一郎彥，你是我的孩子。不是別人，是我豬王山的兒子。』

這就是我所能給予他最好的回答……」

「我越是想讓一郎彥相信他是怪物的孩子，他越是無法相信自己，也才更加深了他胸口的黑暗。」

宗師嘆了一口氣說：

「真沒想到怪物世界的空氣，會讓人類胸口的空洞變得那麼外顯……」

我從門外窺看客廳裡的情形，伸手摸了摸自己胸口。

接著，我聽見二郎丸平靜的說話聲：

「黑暗是什麼？我是個笨蛋，所以聽不懂。我也不知道哥哥是什麼人，對我來說，哥哥就是哥哥。」

二郎丸說完，以懷有莫大包容的眼神看向自己的雙親。二郎丸的母親已是熱淚盈眶，豬王山則露出懇求的模樣抬起頭說：

「宗師，我們是不是已經不能再和一郎彥住在一起了呢？我們再也沒有辦法重頭來過嗎……？」

他這唯一的心願，宛如自言自語般隨時會消逝。

我揪心地聽著他說話。

宗師以嚴肅的表情看著豬王山說：

「一郎彥現在還在外頭遊蕩。除非能把那種黑暗從一郎彥體內驅走，不然，應該什麼事都是不可能的吧。」

——應付得了一郎彥的，就只有我一個人。

我在心中暗自下定決心。

*

『……後來九太就開始準備出門。

他迅速檢查太刀的狀態，把刀放進刀袋裡背在背上，悄悄走出宗師庵，爬下通往出口的庭園階梯。

我朝他背後叫了一聲：

「九太啊。」

九太停下腳步，慢慢轉過身來。

「你難道就不管熊徹了嗎……」

我以很沒出息的聲調問道。目前熊徹命在旦夕，他還要去哪裡？我希望九太能夠陪在熊徹身邊。

但九太什麼話都不說，只是抬頭注視著我，讓我不知道該說什麼才好。

這時，我身旁的百秋坊對九太大吼說：

「蠢材！你是想去報仇嗎？做那種事有什麼好處！」

我嚇一大跳，朝身旁雙手抱胸的百秋坊看了一眼。就連已和他相識多年的我，也是第一次看見百秋坊這種模樣。他不管什麼時候都一派平靜，不管發生什麼事情都和九太站在同一邊，現在卻眉毛倒豎，用我從未聽過的粗豪嗓音，以喝斥九太似的聲調說話。

「我再也忍不下去了！要是你以為我永遠都會那麼好說話，那可就大錯特錯！你這個蠢材！看到熊徹那模樣，你還是什麼都沒學到嗎！」

我心想九太一定被百秋坊劇變的模樣嚇得愣住了而動搖，於是朝他看了一眼。

結果，九太那小子竟然是以毫不動搖的眼神直視著百秋坊。他臉上沒有一丁點猶豫，那是已做出覺悟的男人才會有的眼神。

「九太……」

百秋坊吃了一驚，鬆開環抱在胸前的雙手。見到九太這樣的眼神，也只能對他做出的決定照單全收吧。百秋坊已經完全變回平常的模樣，只是擔心地問說：

「……所以，就算是這樣，你還是要去嗎？」

九太「嗯」了一聲，就像他小時候那樣點了點頭。

「謝謝百叔給我當頭棒喝，讓我能挺直腰桿。」他似乎想盡可能仔細說明他的想法：「只是啊，我不是要報仇。我和一郎彥一樣。只要走錯一步，我可能也已經變得像一郎彥那樣。我之所以沒走到那個下場，都是多虧許多扶養我長大的人，例如多多叔、百叔，還有大家……」

聽他說到這裡，我才驚覺過來。

「九太……你……」

九太按著自己的胸口繼續說道：

「所以，我不能認為那不關自己的事。因為一郎彥的問題，也就是我的問題。所以……我要去。那傢伙就拜託你們了。」

他都已說到這個地步，那也沒有辦法，而且那小子竟然還對我們深深一鞠躬。我猛然覺得九太這小子真是令人心疼得不得了，忍不住跑下石階，緊緊抱住九太的脖子。

「我明白了，我很清楚你的覺悟。熊徹就包在我們身上，我們會好好照料他。所以你儘管去吧！快去！」

我連連拍打九太的背，眼淚流個不停。

真沒想到我會這樣，真不像我的作風。可是啊，一想到九太那小子不知不覺間竟然變得這麼靠得住，我眼淚就一直流個不停……』

『……目送九太離開後，我和多多良走向宗師庵的醫務室，依照九太的吩咐陪在熊徹身邊。熊徹仍然全身包著繃帶躺在床上，我們一同靠在牆上，發呆看著熊徹的側臉。

不，我們像是看著他，其實不是。

我們眼裡看到的，是九太小時候的身影。

「許多扶養他長大的人……是吧……」

我出聲複誦九太先前說過的話。

「真沒想到他會把我們也算進去呢。」

「畢竟我們從九太小時候就和他在一起了啊。」

「是啊。當初他還是個囂張又討人厭的小鬼頭。」

「不管下雨還是颳風，他每天都學不乖地練武……」

「虧我們這麼照顧他，他卻從不曾露出感謝的表情。」
「結果不知不覺間，他已經長得這麼大了。」
「還說得一副已經獨當一面的樣子。」
「……真令人自豪啊。」
「確實令人自豪……」
就在這時──
「……嗚嗚……」
這道低沉的呻吟聲讓我們回過神來。
「……熊徹！」
熊徹恢復了意識。』

＊

我穿過澀天街錯綜複雜的巷道，來到夜晚的澀谷。
重重的濕氣，讓 QFRONT 巨大的螢幕畫面頻頻搖曳。四面八方傳來彼此激盪的刺耳音樂

聲。擠滿行人保護時相路口的人潮，腳步聲撼動著地面。

中央街大道上，四處看得到繫在細竹枝上的各色短箋與風幡，這些七夕裝飾隨風擺動著。今天是剛進入暑假的週末，我看見許多年輕人成群走在路上，每個人的臉看起來都顯得那麼幸福、悠哉而不負責任。我心想，這當中就有著我以前所嚮往的「普通」樣貌。只有我一個人，為了不「普通」的理由站在這裡。

我用公共電話撥打楓的手機。

我只讓鈴聲響了一聲就立刻掛斷。這樣一來，她的來電紀錄上會顯示「公共電話」，而會打公共電話聯絡她的，幾乎只有我一人。

然後，我去到車站附近一處我們事先講好的地方等待。

如果是在下午天色還亮的時候，楓可能就會來。她也許會因為有事而晚到，也或許不會來。不管她來不來都無所謂，我就是看著書等她……我們平常都是用這種方式碰面。

但今天和過去不一樣，這是我第一次在晚上聯絡她。

過一會兒，楓來到我們約好的地點。她說她是瞞著雙親溜出來的，身穿白底藍邊的連身裙與運動鞋，把肩包夾在腋下，喘著氣以不安的眼神看著我。

我遞出了《白鯨記》。

「我想請妳幫我保管這本書。」

「……為什麼？為了什麼？」

我有些事情已經告訴楓，也有些事情沒說，還有些事情很難正確地向她說明。可是現在，我打算盡可能老實地告訴她。

「我有個非得和他做出了斷不可的對手，但我不知道自己贏不贏得了。要是輸了，也許一切都會結束。所以……」

「天啊……」

「我很慶幸認識妳。因為有妳在，我才得以知道好多以前不知道的事，也才讓我真正覺得世界好寬廣。」

「你在說什麼啊？才剛要開始呢……」

「能和妳一起唸書，讓我好高興。所以，我想跟妳說聲謝謝。」

「等一下……我不要，我不要這樣！」

楓大聲喊道，不能接受似地搖了搖頭。

就在這時候——

「找到了。」

一股令人毛骨悚然的詭異氣息，讓我驚覺地抬頭一看。小不點也發出「啾」的一聲示警。

「饒不了你。」

是一郎彥。他從遠處隔著中央街的人潮，露出瘋狂的眼神犀利地瞪向我。我反射性地挺身護住楓。怎麼會弄成這樣？難道他是追著我來到這裡？

「只不過是個人類。」

深沉的黑暗彷彿無底的沼澤，在一郎彥的胸口打旋。他全身散發出蒼白的光芒，顯示他的仇恨之力有多麼強大。

但來往的人潮對於發光的一郎彥卻只瞥了一眼，就若無其事地從他身旁走過。他們多半以為那是某種表演，完全沒有察覺到危險。

我看到一郎彥的目光始終盯在我身上，慢慢朝我走來。

「唔！在這種地方……」

「他就是……你的對手……？」

楓察覺狀況有異，對我問道。

我在她耳邊說：「這裡很危險，妳快跑。朝和我相反的方向跑。」

但楓卻伸手來握住我的手，她冰冷且僵硬的手因恐懼而顫抖。

「妳在做什麼！」我揮開她的手，想把她推向另一頭。「走！快走！」

但楓劇烈搖頭，不想和我分開。她雖然顫抖，卻仍用力握住我的手。

「……我不會放手！」

「嗚……」

我不知道該如何是好。就在我們拖拖拉拉時……

「啾！」

小不點發出更大的示警聲。

我看見一郎彥直盯著我們，朝我們走來。

「……該死！」

我只好牽著楓的手，撥開人潮，沿著中央街跑向車站。

一郎彥漸漸加快速度，直線朝我們追來。

「用全力跑！」

我拉著楓對她喊話。

後方傳來咚咚作響的劇烈碰撞聲，讓我回過頭去。

「！」

只見一郎彥就像猛力衝刺的列車，宛如撞開路旁的小石子一樣，將碰巧位在他行進路線上的人們毫不留情地撞開。接連有人發出荒腔走板的慘叫聲。事態實在太反常，讓四周的人們全都看呆了。

「……嗚！」

雖然非跑不可，但我不能再眼睜睜地見死不救，非得做出決定。

「楓！妳離遠一點！」

我想也不想就放開楓的手，轉身面向來時路。

「呀！」

楓收不住力道而跌倒在地上，但我現在沒空去扶她。我舉起仍收在刀袋中帶鞘的刀，擺好架式面向一郎彥。

「唔喔喔喔喔喔！」

一郎彥毫不猶豫地拔出腰間的刀，尖銳的刀刃閃出光芒。

「喔喔喔喔喔！」

「鏗」的一聲，刀與刀猛力互砍。

我勉強擋住一郎彥自上方揮下的一刀，感覺得出一郎彥的刀刃深深砍進我刀袋中的刀鞘。

我們在右手邊能看得到 LoFt 招牌的十字路口拿刀互砍，往來的人潮狐疑地看著我們，議論紛紛：「咦？這是在幹嘛？」「這是在拍電視劇還是什麼節目嗎？」

我甚至沒有餘力叫這些人快跑，因為一郎彥的力道大得異常，我幾乎快要撐不住，互擊的兩把刀擠壓得幾乎變形。

「嗚……」

我的力道不如他，被逼得節節敗退。當我支撐不住而抽刀，一郎彥立刻水平揮來一刀。雖然我反射性地壓低姿勢，勉強躲過這一擊，但他反手一刀，刀刃往後跳的我臉上掠過，感覺得出左臉頰被劃過，傷口大概三公分左右吧。只是輕輕一劃，皮膚就像紙張一樣輕易被割開，但尚未流血。

「喔喔喔喔喔！」

一郎彥大聲吼叫，舉刀從上往下劈，我則橫刀勉強架住，左臉頰上的傷口滲出了血。一郎彥恨不得連刀帶鞘一起壓斷似地使出蠻勁硬壓，發瘋似地瞪大眼睛。

這時候，我生來第一次感受到死亡近在眼前的恐懼。這不是有規則保護的比試，對手是一郎彥，卻又不是一郎彥，他任由瘋狂驅使，一心想殺死我。我睜大了眼睛，無法保留半點餘力，必須全力抵抗，不能露出分毫破綻，否則就會被幹掉。

「……喔喔喔喔！」

我拚了命把一郎彥推回去，一郎彥往後踉蹌幾步，刀落在中央街的地磚上，發出喀啷幾聲插在地上。我再無半點遲疑，舉起收在刀袋中的刀，以渾身力氣朝一郎彥劈下去。

「喔喔喔喔喔喔喔！」

「鏘」的一聲悶聲響起。我斜砍向他的肩膀，卻被他搶先用左手護住自己。但話說回來，我這一刀仍然劈了個正著，相信力道應足以擊碎骨頭。

然而……

「！」

我懷疑起自己的眼睛。只見一郎彥的左手硬是變得如同象腿一樣粗，擋住了這一刀。

「九太……」

一郎彥抬起低垂的頭，同時，繡有山豬臉的帽子滑落，遮住一郎彥的上半張臉，帽子上用鈕釦縫出眼睛、鼻子與牙齒的山豬臉瞪著我。這實在太令人不舒服，讓我一瞬間有些退縮。

一郎彥胸前的空洞嗡嗡作響地擴大，下一瞬間，他舉起的右手拳頭，已經巨大到足以比擬我的身高，並以驚人的力道打了我一拳。我還不明白眼前是怎麼回事，想也不想就出刀格擋，結果被打得飛離幾十公尺之遠。要是我就這麼重重撞在大樓牆上，也許當場就沒戲唱了，但幸

運的是我在即將撞到牆壁之際，整個人栽進綁成拱門狀的七夕竹飾當中。組裝起來的許多細竹枝大幅度彎折，吸收了衝擊的力道，我當場逆向旋轉落下，先在正下方的相機店遮陽棚上彈跳一次，才摔到地面的地磚上。

「嗚！」

疼痛劇烈得讓我無法呼吸。楓跑向縮在地上呻吟的我。

「蓮！」

四周傳來尖叫聲，多半是在路上看戲的人們，直到這時候才察覺到一郎彥的危險性，趕緊逃向四面八方。

一郎彥就在這陣喧囂中佇立不動，也不管帽子滑落到臉上，下半張臉露出詭異的笑容。縫在帽子上做為眼睛的鈕釦，閃著冰冷的光芒。在他胸前空洞變大的同時，籠罩他全身的光芒也持續變強。

「啊啊啊……」

我聽見楓驚愕的抽氣聲。

相信一郎彥會不擇手段地來追殺我。無論他化為多麼令人無法想像的模樣，他都不會放棄追殺我。

我在楓的攙扶下站起身，拖著腳步逃往巷子裡。

「該死！這裡不行，得找個地方……」

但在澀谷的鬧區正中央，又哪裡找得到不會波及旁人的地方？

一郎彥撿起一本掉在路上的厚重書本，那是楓跌倒時弄丟的《白鯨記》。

「……鯨魚……？」

他這麼喃喃自語，然後改變了自己的模樣……

我從澀谷中央街跑上大馬路，不管看到誰都大喊：

「有危險！不可以去那邊！快跑！」

我對沿途遇到的每一個人大喊，但沒有人聽我的話。才剛過晚上八點的澀谷，擠滿了人潮與車潮。

這時候……

一道令人毛骨悚然的影子，在走過道玄坂下方行人穿越道的行人腳下匍匐。不只如此，影子還溜進了塞車車陣中的市區公車與計程車輪胎下。

「嗯？」「那是什麼？」「那是什麼東西的影子？」

人們停下腳步，仔細看著腳下，卻看不出任何頭緒。不但看不出那是什麼東西的影子，甚至連那道影子有多大都不知道。接著，一道拉得很長、彷彿動物叫聲似的奇妙聲響，迴盪在整條街上。人們環顧四周，尋找奇妙聲響的來源。看來這道聲響似乎是發自腳下的影子。再仔細看看，可看出影子似乎正朝一個方向緩緩移動。

占滿單向三車道的巨大影子，以緩慢的動作入侵行人保護時相路口後，帶著明確的意志停下來。只有從周圍大樓樓上俯瞰的人們，才能夠看出這道影子的全貌。這道影子的形狀彷彿是……

「鯨魚……」

看來是這樣。

眾人都懷抱做夢般的心境，看著這道在澀谷街頭游動的巨大影子。

「！」

我與楓在JR高架鐵路下，回頭望向行人保護時相路口。感覺得到巨大的影子已經發現我們，危機正在逼近。我朝著高架橋下的聯結車與小客車司機，扯開嗓門大喊：

「下車快跑就對了！別問那麼多！」

這時，路口地面突然大幅起伏，影子當場隆起，彷彿鯨魚從水面下露出背部一樣。

下一瞬間，停在高架橋下的大型聯結車，宛如遭人從後方以一股巨大的力量推向前，衝進了停在前方的成排車列當中。四周爆出一片喧鬧聲，司機們趕緊棄車，勉強逃了出來。只見聯結車接連把無人的汽車都牽連進來，一路朝我和楓衝來。

「快跑！」

我們跟在這些司機身後，在高架橋下奔跑。

結果楓忽然腳下一絆，當場摔倒。「啊！」

這時，一輛壓在其他車輛上方的聯結車，正面撞上ＪＲ高架鐵路，發出「咚」的一聲巨大聲響。

「呀啊啊啊！」

「楓！」

我趕緊往回跑，在大量崩落的土石中扶起楓後，立刻全力退避。高架鐵路的鋼筋彎折變形，發出像是怪物吼叫似地嘰嘰作響聲，聽起來極為奇怪又刺耳。

我和楓跑到宮益坂下方的路口回頭看去，許多車輛在高架鐵路下噴出白煙，層層疊疊地堆在一起被壓扁。忽然間，「砰」的一聲巨大爆炸聲響起，高架鐵路籠罩在沖天的火焰當中。

「！」

是爆炸點燃了外洩的瓦斯。要是再早一些引爆，我們也許已被捲進巨大的火焰當中。不，不只是我們，連其他不相關的人也會被牽連進去。

「……要怎麼打倒那小子……？」

在熊熊燃燒的火光照耀下，我驚愕得動彈不得。現在的一郎彥，根本不是用刀奈何得了的對手。那麼……我能做什麼？我喪失自信，眼看就要死心。

但楓似乎想到了什麼，露出堅定的表情對我說：

「蓮，這邊！」

說著，她用力拉起我的手。

「要去哪裡？」

「別問那麼多！」

楓拉著我穿過路口的行人穿越道，迅速沿著通往地下的澀谷站十二號出口的階梯往下跑。

鯨魚的影子——一郎彥，並未注意到我們已經鑽進地下，跟丟了我們後，只能在青山大街附近徘徊。楓急中生智想到的點子起了作用。

ＪＲ高架鐵路的爆炸意外，讓澀谷站陷入大混亂。

沿著澀谷站十二號出口樓梯往下跑的楓和我，看著山手線、崎京線與臨海線驗票閘門處的電子布告欄上顯示「由於發生火災，全線暫停行駛」；緊接著銀座線、半藏門線、田園都市線的電子布告欄，也都接連顯示「暫停行駛」的標示。想必要不了多久，無法上車的人潮便會把整個車站擠滿。

楓拉著我的手，迅速跑下站內迷宮般的階梯。如果是建在車站最底層的那條路線，也許尚未受到地上混亂的影響吧？

楓猜對了。

幸運的是在這時候，副都心線仍然正常行駛。

晚上八點四十分由澀谷站發車，開往新宿三丁目站的副都心線電車，車上空空如也。

或許是因為隧道內太暗，我看得到自己的身影映在電車的玻璃窗上。

——我要怎麼做才能對抗那小子？

我在座位上隨著列車搖晃，對玻璃窗上映照出的自己自問自答。

——我的武器只有刀，但那小子不是用刀就能應付得了，所以，我得想想別的辦法。乾脆打開我胸口也有的空洞，把他的黑暗全都關進去，然後拿刀往自己身上一插，帶著他離開這個

世界……

我對玻璃上的自己問道：

——我能做的只剩下這件事嗎？

映在玻璃上的我什麼都沒回答。

這時……

「我啊，從剛剛一直在想。」楓在我身旁，彷彿想起什麼似地說道：「想著為什麼我會握住你的手，跟你一起跑？想著我明明害怕得不得了，為什麼卻會那麼做？」

「……嗯？」

「我想起來了，想起當初認識你、開始和你一起唸書的時候，我覺得好高興，因為之前根本沒見過唸書唸得這麼開心的人嘛。只要跟你在一起，我心中就會湧現一股勇氣，想說我也要加油。」

「……」

「所以，現在一定也是一樣。既然你在戰鬥，那我也陪你。」

楓露出確信的眼神說：

「不要忘記，不論何時，我們都不是孤軍奮戰。」

「……楓。」

電車溜進車站，窗外變得耀眼，我映在玻璃窗上的身影也被強光刷掉了。

——不是孤軍奮戰……

我在腦海中反芻這句話。

車上的螢幕顯示電車已經開到「明治神宮前（原宿）」，聽得見車長的廣播：

「各位旅客請注意。由於澀谷車站發生火災，副都心線暫停行駛，因此本列車將在本站停駛。重複……」

到頭來，我們還是沒能夠離開澀谷區。

胸中的刀

『……同一時間，澀天街裡一片譁然。

廣場旁的陸橋毫無預兆地突然就像爆炸般崩塌，掀起了白煙。接著，以東方山丘大街為中心，街上到處都感覺得到地面震動似的衝擊。這和地震的搖動方式顯然不一樣，是有某種看不見的巨大物體在掙扎翻動才會產生這般衝擊。這種原因不明的現象，讓怪物們大吃一驚，搞不清楚狀況。平常在晚間會吵鬧得極有活力的廣場與夜市攤販前，籠罩在一股莫名的恐懼與混亂之中。

想問清楚原因的怪物們，陸續聚集到宗師庵。

宗師為他們開放了圓形議事廳。

平常議事廳是以宗師為中心，讓元老院議員們開會討論出各種決定的地方。圓形空間的牆壁上，整齊地掛著磨得光亮的鏡子，將嵌進天花板的燈所發出的光反射得金碧輝煌。天花板之所以會嵌著許多燈光，四方又繪有老松，是因為這裡還留有以前曾當成劇場使用的痕跡。平常

這裡是禁止出入。

然而，現在事態緊急，議事廳裡擠滿面露不安的怪物。

肩膀上垂掛著布條的議員們接連嚷嚷起來。

「咚」的一聲巨響撼動地板。

「這是什麼震動？」

「是一郎彥盯上九太，在人類的城市裡大鬧。」

「雖說我們的世界和人類的世界會相互影響，但真沒想到影響竟然會這麼大……」

「宗師，澀天街會變成怎樣呢？」

議員們不安地湊向宗師。

「唔……」

宗師閉上眼睛，並不回答。

議員們面面相覷地爭論起來：

「我們為什麼非得被牽連進人類與人類的爭執當中不可？」

「當初把人類帶進我們的世界就錯了！」

這時，議事廳角落的怪物們騷動起來。議員們狐疑地心想是怎麼一回事，連宗師都抬起頭

來察看。怪物們讓出一條路，從中走出來的是……

「……咦？」

只見熊徹拿大太刀當拐杖支撐著身體，踩著搖搖晃晃的腳步走過來。

「呼……呼……呼……」

熊徹停下腳步，抬起滿是冷汗的臉龐。他全身都是繃帶的悽慘模樣，讓四周的怪物們倒抽一口氣。

多多良與我晚了一步來到議事廳，一追上熊徹就立刻按住他。

「熊徹！你這麼亂來會沒命的！」

「你明明就還沒有辦法正常活動啊！」

「少囉唆！」

熊徹用蠻力揮開我們，往前踏出一步。

「宗師……情況我都聽說了。由我來想辦法……就由我來……」

「熊徹……」

「你是能有什麼辦法啦！」

多多良發出哀號般的叫聲。但就算他這麼說，熊徹也不聽。每次都是這樣，我們只能看著熊徹的背影。

熊徹拿大太刀當拐杖，慢慢往前進。

「宗師，就只有你……能擺平這件事的，就只有你……可是，你卻把方法藏在肚子裡不說出來。」

「你說有方法？」

議員們歪頭納悶，在場的怪物們也面面相覷。

「這是什麼意思？」

「……」

宗師什麼話都不說，始終閉著眼睛。

忍著傷處的疼痛、片刻都無法多等的熊徹喘著大氣，幾乎就快要站不住，偏偏只有那雙眼睛充滿飢渴的光芒，彷彿正要迎向另一場新的戰鬥。

「九太以為他已經能獨當一面，但他仍然需要幫忙……雖然我是個半吊子的蠢材，但還是要幫上那小子的忙。那小子胸口缺的東西，就由我來填補……那就是……那就是我這個半吊子唯一能做的事！」

「咚」的一聲巨響再度撼動議事廳。

始終保持沉默的宗師嘆了一口氣。

「……呼，真沒想到你會有說出這種話的一天。」

接著，宗師的目光在眾人身上緩緩掃過一圈，說道：

「這傢伙啊，是要我交出轉生的權利。」

議員們瞪大眼睛，看向熊徹。

「你說你要轉生成神？」

「太離譜了！普通的怪物辦不到啦！」

「除非你當上宗師……」

「啊……」

在場的所有怪物都一起注意到一件事。

「現在……」

「熊徹就是宗師……」

怪物們這才恍然大悟地看了熊徹一眼。

宗師走到喘著大氣的熊徹身前。

「熊徹，你聽仔細了。一旦決定轉生成神，就再也不能反悔。你無所謂嗎？」

熊徹慢慢抬起頭，直視著宗師。

宗師從他的眼中看出了覺悟。

「……你這傢伙，眼神裡一點迷惘都沒有……」』

＊

楓和我走出地下鐵，來到地面上。

澀谷站的意外事故波及到這裡，表參道嚴重塞車。我們分開人潮前進，爬上通往原宿站方向的坡道。楓說若要在這附近找個比較沒有人的地方，大概只有代代木公園，再不然就是代代木體育館。尤其代代木體育館的石版陸橋，雖是從代代木通往澀谷站方向的捷徑，但過了體育館的閉館時間後，多半不會再有人經過。既然如此，說不定我們能成功躲在那邊；即使萬一被發現，也不至於波及無辜。

我們趕在閉館時間的九點前，進到代代木體育館的園區。這天館內沒有舉辦活動，體育館也並未打光。我們跑過第一體育館旁的石版陸橋，來到東南方的石垣旁，停下腳步喘一口氣。

我抬頭打量著第一體育館特異的輪廓。兩根支柱在黑暗中高高聳立，從支柱呈吊橋狀往下

延伸的鋼纜也很巨大。這棟體育館與四周的建築物相比，給人一種特別不一樣的存在感。據說這裡是在一九六四年東京舉辦奧運時，為了當游泳比賽的場地而建造。換成澀天街，此處就相當於競技場。也就是幾個小時前，熊徹與豬王山比試的地方……

我正茫然想著這些事時——

「蓮！」

楓尖銳地大喊。

只見一郎彥的身影，從我們跑上來的步道極遠處慢慢浮現。

我吃了一驚，繃緊身體。我們是什麼時候被他發現的？他一路跟了過來嗎？

然而轉眼之間，一郎彥的身影只留下「咻」的一聲，就消失在夜晚的黑暗中。

「……消失了？」

我邊護著楓，邊警戒左右兩側。

結果，變化是從腳下出現。步道的石版上彷彿蕩漾著凝視水中時會看到的波光，同時地面頻頻發出轟隆聲震動著。隨著地動聲不斷增大，感覺得出有某種巨大的物體正朝我們接近。這到底是……

下一瞬間，「轟」一聲爆炸似的破裂聲響中，這個巨大的物體「跳躍」至空中。

現身的這個巨大物體，是一條大得足以遮住整個視野的抹香鯨。

「啊啊啊……」

我與楓驚愕地仰望上空。這條籠罩在大量光點中、散發蒼白光芒的鯨魚，的確形似《白鯨記》中登場的抹香鯨莫比敵，只是從下顎伸出的巨大牙齒，像山豬牙一樣聳立。

「一郎彥！」

發光的鯨魚翻動巨大的身軀，鋪天蓋地似地逼近，我趕忙拉著楓的手奔跑。緊接著，發光的鯨魚宛如在石版路上「沉入水中」，大量光點在劇烈的震動中宛如飛沫似地飛濺開來。

「呀啊啊啊！」

楓忍不住發出尖叫。我們拚命從陸橋東端跑向第二體育館的方向，但發光鯨魚從步道下再度跳起，攔住我們的去路。

「！」

大量光點灌進陸橋，鯨魚離開地面，慢慢飄上空中，然後從比第一體育館的支柱還高的位置睥睨著渺小的我們，彷彿要告訴我們說，我們哪裡都去不了。

巨大的鯨魚飄在澀谷空中——這反常的光景，足以讓我們失去理智。面對這般壓倒性強大的對手，只有區區一把刀的我能做什麼？

我看著上空，對楓說：

「楓，妳快走，他是衝著我來的。」

「！」

但楓不僅不逃，反而往前踏出幾步。

「……楓？」

楓從飄在空中的鯨魚正下方，挑釁似地面向鯨魚說：

「你想做什麼？想把你恨的人撕得稀爛？踐踏對方、用武力壓迫對方，你就滿足了嗎？」

楓以毫不動搖的眼神牢牢正視鯨魚，她的目光射穿發光鯨魚的雙眼。

「即使你變成這副模樣，但其實你只是被報復蒙蔽心靈的人類所生的黑暗！」

鯨魚——一郎彥眼中露出瘋狂的神色。鯨魚停止飄浮在空中，開始朝楓落下。

「誰都一樣，每個人心中都有同等的黑暗。蓮也一樣懷抱著黑暗，而我還不是一樣！」

楓儘管顫抖，卻鼓舞著自己說出這幾句話。

「……我還不是懷抱著黑暗，直到現在還在拚命掙扎？」

鯨魚下顎有著成排的尖銳牙齒，牠露出嘴裡深沉的黑暗來威嚇對方。鯨魚想讓對手看到那一旦被吞進去就絕對無法脫身的漆黑深淵，誘使對方屈服。

但楓斬釘截鐵地駁回。

「所以，像你這種輕易就被黑暗吞沒的人，蓮不可能會輸！」

她呼喊得宛如要將自己唯一的武器——堅強的意志力——用力砸向鯨魚。

「我們絕對沒道理會輸！」

鯨魚口中深沉的黑暗，眼看就要吞沒楓。我在千鈞一髮之際抓住楓的肩膀，猛力往後方跳開閃避。

鯨魚「入水」而產生的劇烈衝擊，把我們像小石子一樣沖飛出去。我用雙臂護住楓，兩人飛出去後在石版上劇烈翻滾、重摔了好幾次。

我確定楓平安後，壓低姿勢獨自走向鯨魚。

「蓮！」

背後傳來楓叫住我的聲音，但我不能再讓她暴露在危險當中。我已經被逼得無路可退，非得有所覺悟不可，而且刻不容緩。事到如今，我只能嘗試先前在地下鐵想到的方法。

已經別無他法了……

我從刀袋中取出刀，停下腳步。

「一郎彥！你看！」

我一喊完，就打開胸口的空洞。

一郎彥彷彿被我胸口的空洞所吸引，「咻」的一聲出現在步道上，接著眼前濺起光點飛沫，鯨魚像在進行水上偵察似的，從光點中只露出頭部。

我高高舉起刀，在頭頂上方自刀鞘中抽出刀刃幾寸。

「看我把你的黑暗全都吸收進來！」

隨著鯨魚接近，光點也乘著風被捲起。

「啾！」

小不點從我脖子下冒出來，試圖像剛才那樣制止我，但面對劇烈的光點怒濤，牠小小的身體毫無抗拒之力而被掀翻，要不是楓跑上前來用雙手接住小不點，牠或許會就此和我失散。

楓驚覺不對。「蓮！你該不會……」

鯨魚彷彿受到我胸前的空洞所吸引，不斷靠近我。我一口氣拔出舉在頭頂的刀，等著把對手吸收進自己的胸口後，就要一刀插下去。

「跟我一起消失吧！」

我聽到楓拚命呼喊的聲音從捲起的暴風另一頭傳來。

「蓮！不可以認輸！」

就在這時候——

「九太！」

我忽然聽到有人強而有力地叫了我一聲，因而吃驚地抬頭看去。

天空中有個點發出一瞬間的閃光，然後有個「物體」以猛烈的速度從天而降。

「鏘」的一聲，這個物體彷彿要撕裂我與鯨魚間的空間，在強烈的震動中插進地面。

這一瞬間，這個「物體」發出的強烈光芒讓鯨魚發出哀號，鯨魚被震懾似地往後退開。

我完全搞不清楚到底發生了什麼事。

但插在眼前的這個幾乎和我身高差不多的物體是什麼，我卻再清楚不過。

那是熊徹的大太刀。

「這是……那傢伙的……？」

這把刀仍收在鞘中，卻發出猛烈的光與劇烈的火。

可是，為什麼熊徹的大太刀會……？

「九太！那把刀就是熊徹。」

「他轉生為付喪神，變成了那把大太刀。」

是多多叔和百叔。不知道他們是什麼時候上到代代木體育館的屋頂，俯瞰著我們。

聽到他們說的話，我一時之間無法理解。

付喪神？轉生？那……

「這就是……那傢伙……？」

但是，熊徹為什麼要變成刀這種東西？

「那傢伙說要變成你胸中的刀！」

「胸中的刀……？」

刀柄和刀鞘上滿是傷痕，這把歷經滄桑又老舊的刀，自行從插著的石版上飄起，刀柄朝向我的胸口。刀發出強烈的光與火，像要填滿我胸口的空洞般慢慢沉進我胸中。

所以熊徹的意思是，至少要把我胸口的空洞填補上一把刀的分量？他想用他的火焰照亮這種只有人類才有的胸口空洞嗎？

這時，我看見熊徹過往的身影出現在刀上。

*

「胸中不是有一把刀嗎！」

「啥？哪會有這種東西？」

「胸中的刀才是最重要的！這裡！就在這裡啊！」

我清清楚楚地想了起來。

想起熊徹一再拍打自己的胸口，對九歲的我懇切訴說的情形。

當時我只是撇開臉，根本不想聽熊徹說的話。

＊

「喲！你真的來啦？嘿嘿，我果然沒看錯，越來越中意你啦！」

熊徹在深夜的攤販前，拿著酒瓶露出滿臉笑容踩著笨重的腳步走來的模樣，我記得清清楚楚。他就是在那個時候，第一次稱我為「徒弟」。

＊

「九歲……？那你從現在起就叫做『九太』。」

熊徹在亂糟糟的小屋子裡靠坐在沙發上，心滿意足地露出奸笑的表情，我到現在還像昨天的事情一樣記得清清楚楚。

我便是從那個時候開始成了「九太」。

＊

「好啊，九太！我會好好鍛鍊你，你可要做好覺悟！」

熊徹明明被豬王山打得遍體鱗傷，卻一直在笑。當時的我完全不明白有什麼事情這麼好笑，現在卻懂了。

熊徹一定只是純粹覺得開心而已。

＊

胸口的空洞在納入那把大太刀之後漸漸闔起，我整個胸口感受到一股溫暖。

熊徹哈哈大笑的笑容，在我腦海中漸漸消失。

熊徹已經轉生，是不是表示我再也見不到他了？我是不是再也不能和他一起練武？也不能再和他一起吃飯？一想到這裡，我就覺得心頭一揪，眼眶湧出了淚珠，潸潸滑落。淚珠不斷落下，我抱住自己那已納入了熊徹的胸口。

就在這時候——

「九太！」

我突然聽到一個耳熟的沙啞嗓音。

「你這笨蛋在哭個什麼啊！」

咦？這嗓音是從哪裡傳來的？

「我最討厭哭哭啼啼的傢伙。」

——是來自我胸中。

這個嗓音是從我胸中傳來的。

熊徹……

我啞口無言，好一會兒什麼話都說不出來。

接著我劇烈地搖頭甩開眼淚，朝自己的胸口猛力大吼：

「少囉唆，我才沒哭！」

我驚覺地抬起頭一看，鯨魚已經逼近到眼前。鯨魚再度衝著我來，但在即將撞到我之際，我看見自己的胸口發出一團強烈的金黃色光芒。這團光芒發出「啪」一聲巨響，以猛烈的力道把鯨魚彈回去。

是我胸中的熊徹，以付喪神的力量擋回黑暗。

「？」

一郎彥解除了鯨魚的模樣，被彈得飛向極為遙遠的地方。他似乎搞不清楚發生了什麼事，腦子裡一團亂。

我撿起自己的刀，暫時先收回鞘中。

熊徹在我胸中大吼。

「來做個了結吧！蓄足氣力！」

多多叔與百叔看著我們戰鬥。

「九太……」

楓也一樣，還有小不點也是。

「蓮……」

一郎彥一瞬間消失身影，而鯨魚再度從原地躍起。「咚」的一聲巨響中，鯨魚濺出大量光點，卯足力氣跳向澀谷的天空，藉此威嚇我。

「還沒！要更加養精蓄銳！」

我始終將拿刀的手伸向前方，等待著機會來臨。

鯨魚再度發出「咚」的一聲，巨大的身軀高高躍起。

每當鯨魚從地面出現，都會縮短彼此距離。鯨魚高高躍至空中，彷彿在等我們嚇得逃跑。

這時，我注意到一件事。

（……那是……？）

在飛濺的光點後頭，不時可以瞥見一郎彥的身影。

（在鯨魚出現之前，一郎彥一瞬間一定會現身。既然這樣……）

我有了這股確信後，右手握住刀柄，壓低姿勢，把刀背抵在腰間。這是熊徹教我的居合拔刀術架式。

「瞄準一個點！然後就不要猶豫，看準了砍下去！」

胸中傳來熊徹的喊聲。

我進入深沉的專注狀態，看準下次一郎彥出現的地點與時機。

咚！

——還沒。

接著，我瞄準了某一瞬間。

——還沒……

咚！

——就是現在！

幾乎在同時，胸中傳來沙啞的喊聲。

「就是現在，上啊啊啊啊！」

我蹬地一口氣跳起來。

「唔喔喔喔喔喔！」

我以猛烈的速度，在放眼望去充滿光點的空間中衝刺。

我用拇指將刀推出幾寸。從刀鞘中慢慢現出的刀刃散發著耀眼的光芒。

我感覺到胸中那把熊徹的大太刀，也漸漸拔出刀刃。

刀上劇烈噴出紅蓮般的火舌。

一郎彥就出現在我衝刺的路線上。

「！」

遮住一郎彥臉孔的山豬臉瞬間退縮，戰慄不已。

咚啪。

我看準了目標。

「喔喔喔喔喔喔！」

刀刃以從未有過的爆炸性速度，從刀鞘中拔了出來。

我胸中的熊徹也拔出大太刀——

白刃一閃。

兩把刀劈開黑暗。

我維持將刀揮到底的姿勢不動，停了下來。

挨了這一刀的一郎彥，茫然自失地飄盪在空中。

一瞬間後，發光的鯨魚躍至代代木第一體育館的上空，宛如火山爆發似地噴出前所未見的大量光點。

長著尖牙的鯨魚在空中難受地扭動身軀，反覆不規則的閃爍。一陣哀號般的詭異咆哮聲，撼動體育館的屋頂。

喔喔喔喔喔喔……

拉長又走音的怪聲，彷彿是垂死的哀號，迎來最後的高峰就漸漸變得無力又虛弱。鯨魚巨大的身軀並未再度「入水」，而是融入澀谷的夜空般消失無蹤；先前灑出的大量光點，連最後一粒也消失無蹤，四周若無其事地回歸寂靜。

「……贏了……嗎？」

多多叔在體育館的屋頂見證了這一切，並擠出這句詢問。百叔則始終保持緊張，低頭俯瞰戰況。

「不……」

我站起來，深深吸一口氣，把刀收回刀鞘內。

回頭一看，就看到昏過去的一郎彥倒在石版上。

「只不過……是個……人類……」

我朝昏迷不醒的一郎彥側臉看了一眼。

他白嫩的肌膚、纖細的手臂、長長的睫毛，都讓我無法相信他就是直到剛才還和我性命相搏的對手。

一郎彥不知道自己是什麼人，長年為此痛苦。自己是怪物？還是人類？他嚮往怪物卻沒能成為怪物，身為人類卻憎恨人類，於是他終於錯亂失控。

我們不是怪物，我們當不了那種美麗的怪物。

我們只是脆弱的人類，會詛咒自己，為了自己胸口的黑暗而掙扎。

不過，有一件事我能肯定，那就是我們儘管都身為人類，卻同樣在怪物堆裡生活、被怪物扶養長大。

也就是說，我們是怪物的孩子。

現在，我覺得這件事讓我非常自豪。

*

『……昏過去的一郎彥，由我和多多良抱起，帶回澀天街。我們請宗師庵暫時收留他，讓他靜養一陣子。至於今後該怎麼處置他，則由宗師和元老院討論後再決定。

一郎彥一直在特別設在宗師庵當中的寢室裡昏睡。到了黎明將近的時刻，窗外開始看見魚肚白。

過一會兒，一郎彥彷彿花開似地醒過來。

「……咦？這裡到底……是哪裡？」

一郎彥在有著蕾絲頂蓋的大床上坐起上半身，他已被換上了一身純白的絲綢睡衣。這房間有著仿地層紋路的牆壁，床上鋪著白色床單，飄著花香與肥皂的氣味，一郎彥對這陌生的地方有點不知所措。

然後，他發現趴在他腳邊床上的豬王山等人。

「爹、娘……二郎丸……」

是全家人一整晚陪著他，就這麼睡著了。不過一郎彥自然不曉得，他自言自語地說：

「我之前都在做什麼……記得我和大家一起去了競技場……」

他試著回想後來的事，但無論如何都想不起來。

忽然間，他注意到一個東西。

他的右手不知何時纏著紅色的絲線。

一郎彥清楚記得這條絲線。

「這是……九太的……？」

他不可思議地看著手腕上的紅線。

繫上這條絲線的當然是九太。以前是楓幫九太繫上的，聽說她是盼望九太一旦覺得自己危險或被逼得走投無路時，看到這條絲線就會想起她而自律。九太也對一郎彥懷有同樣的盼望，

因而把從楓手上接下的棒子交給一郎彥。

外頭的天色漸漸發亮，黎明已經接近。

同一時間，九太坐在能將早晨的澀谷市街盡收眼底的地方。

他獨自一人手按著胸口。

不，嚴格說來是兩人，他在和胸中的熊徹一對一說話。

「九太，你聽好了，我就是這種個性，一旦決定就再也不會變卦。」

「呵呵，我知道。」

「要是你迷失了，我可會從你胸中痛扁你。」

「少囉唆，我不會再迷失了啦。」

「這樣才對。」

「你就閉上嘴，乖乖在旁邊看著我怎麼做吧。」

「好啊，那就讓我見識見識。」

熊徹露出牙齒得意地一笑。

九太也呵呵笑了幾聲。

他們兩人都笑著。

熊徹的確轉生了。他已失去實體，化為一把刀納入九太胸中。他成為一尊讓每個怪物都稱羨的出色神明。但他和九太的談話卻是這個樣子，和以前一點都沒變。

即使當上神，熊徹還是熊徹。

這點九太非常清楚。

新一日的朝陽從高樓大廈間露出臉，九太從胸前拿開手站起來，朝陽耀眼地照亮他。

九太的背影和以往的他完全不一樣。

——九太已不再是過去的九太。

他不斷成長、改變的身影顯得那麼可靠，讓我萌生這樣的想法……』

『……話說回來，人類世界又是怎麼看待這一連串的事件呢？

站前的大螢幕上秀出燒得焦黑的高架鐵路，並做出這樣的報導：

「昨晚在東京澀谷區的中心，因大型聯結車失控引發了爆炸意外。多人因跌倒等情形受到輕傷，但奇蹟似地包括司機在內，沒有人受到重傷。警方已偵訊聯結車司機聽取事態，並進行搜查。另外有許多目擊者表示，在意外發生前曾看見像是鯨魚的巨大影子，但監視攝影機並未拍到任何畫面，詳情始終不明……」

報導是這麼說的。

聽到這種報導，我都快笑死了。

人類真是一種不可思議的生物啊。

明明是自己親眼看到的事情，他們卻一點都不相信……』

終章

『……萬里無雲的清爽夏日天空下，紙片如雪般飛舞落下。

聚集在廣場上的大群怪物們以歡呼聲迎接九太。

昨晚造成詭異震動的原因——巨大鯨魚——已經由九太順利打倒，這則消息到了早上便傳遍澀天街，街頭巷尾到處湧起盛讚九太拯救整個城市的聲音。失控的人類（一郎彥）的黑暗，由有著同種黑暗的人類（九太）所封印，宗師對此極為讚賞，元老院全場一致通過為九太舉辦慶功宴的決議，宴會的準備也已經完成。其實，街上的裝飾與宴席的飯菜，原本是為了慶祝即將上任的新宗師所準備，所以只要沿用就好。

當九太回到澀天街，聽人告訴他「從今天下午起我們要為你辦慶功宴」時，整個人愣住了。但宗師講起歪理說，本來這場宴會是要替熊徹慶祝，但熊徹如今轉生了，浪費掉實在太可惜，所以身為熊徹徒弟的九太有義務接受祝賀，九太又說不過宗師，只好被迫參加遊行。對於怪物們感謝他拯救了城市的呼聲，非得好好回應不可，九太就在歡迎他的怪物群中，露出難為

情的表情前行。

他將刀扛在肩上的光彩模樣，讓我和多多良看得無比自豪。

我告訴那些乳臭未乾、以崇拜的眼神看著九太的熊徹庵徒弟說：

「你們看清楚了，九太當初也只是個手無縛雞之力的小孩子呢。」

徒弟們滿懷期待、眼神發亮地大聲歡呼。

多多良接著說：「也就是說啊，就算是你們這些乳臭未乾的怪物，只要每天好好修行，有一天也許能獨當一面……」

「是也許。」

「只是也許。」

我們終究不能斷定。

徒弟們的期待受挫，露出厭煩的眼神看著我們。

不過說穿了，其實就是要他們即使遇到挫折也不要放棄、仍繼續努力。

不是嗎？多多良。』

『是啊，就是這麼回事。

不過啊，其實在這場宴會前不久，宗師和議員們舉行了一場漫長的會議。他們談的就是今

後要怎麼處置一郎彥。

宿有黑暗的人類會帶來浩劫，所以不准他們進入怪物世界，這是自古以來的共識，如果照這個共識來辦，就應該把一郎彥逐回人類世界。但另一方面，九太雖是人類，卻長年在怪物世界長大，不僅克服了黑暗，還打倒一郎彥的黑暗。如今九太已是整個澀天街都接納的人物，因而從九太的案例來看，怪物世界拒絕人類的理由已不成立。

結果，元老院允許豬王山將一郎彥當成兒子重新養育。豬王山過去一直把一郎彥偽裝成怪物的孩子來養育，但今後他必須好好把一郎彥扶養成人，以為這件事負責。豬王山流下眼淚，誓言重新出發。

宗師開完會後來到陽台上，朝站在廣場正中央的九太看了一眼。

身為來賓的賢人們都已經喝醉了，一手拿著酒杯慶祝。

「城市並未受到太嚴重的破壞。」

「一郎彥和豬王山也能從頭來過。」

「算是圓滿收場啊。」

「不，可是。」宗師垂頭喪氣地說：「我好不容易有機會轉生成神，卻因為熊徹的關係泡湯了。我又得坐回宗師的位子。」

他嘆著氣發牢騷。

「你別這麼沮喪，今天是為九太慶祝的宴會啊。」

這時，廣場上的怪物們掀起一陣喧鬧聲。

「……喔喔？你們看那邊。」

說著，宗師在聲浪正中央看見一道小小的人影。

「那個少女也是九太的支柱之一。」

他所說的少女，就是身穿水藍色無袖襯衫與白色長裙的小楓。

「楓……妳怎麼會來這裡？」

九太露出吃驚的表情看著小楓。

小楓微微一笑，走向九太身前。

「嘻嘻嘻，是有人找我來的。」

其實啊，嘿嘿嘿，不瞞大家說，把小楓找來澀天街的就是本大爺多多良。

小楓和我不是一起在代代木體育館為九太加油嗎？所以在為九太慶祝的宴會上，她肯定是絕對得在場的重要人物。

小楓把拿在身後的《白鯨記》猛然遞給九太。

「這個！我在路上弄丟以後，費了好大的力氣才找回來。來，還給你。」

九太笑著接過去。

「……謝謝妳。」

接著，小楓又猛然遞出另一份文件。

「還有這個！高中學力鑑定考試的申請文件。你要怎麼做？還有心想考嗎？」

她笑咪咪地看著九太。

九太有點難為情，低頭搔了搔腦袋，並未立刻回答。

「要怎麼做，由你自己決定。」

小楓等著九太回答。

這意思也就是說，要九太自己選擇要在澀天街活下去，還是在人類世界活下去。

九太隔了很久，似乎充分考慮過後……

「我要考。」

他簡短地做出回答。

「太棒啦！」

小楓眼神發亮，大大張開雙手，抓起九太的手緊緊握住。

「我就知道你會考！我們一起努力吧！」

「嗯。」

這時……

人牆另一頭傳來煙火工匠的呼喊聲，廣場上的怪物們都發出「喔喔喔」的歡呼。

「要放煙火囉！」

煙火一起從山丘上竄升。

澄澈的傍晚天空中，綻放出五顏六色的光輪。

小楓以閃亮的眼神仰望。

九太以爽朗的笑容仰望。

每個怪物都懷著神清氣爽的心情仰望。

由這番煙火開場的宴會，越夜越熱鬧……

＊

『……九太就回去人類的世界了。』

你們一定很想知道他現在在做什麼吧？

其實我曾經偷偷跑去看過他一次。

九太和父親相約在傍晚的商店街碰頭。下班回家的父親在人潮中找到九太後，就舉起手笑著和他打招呼；九太露出苦笑回應後，舉起提滿雙手的超市購物袋給父親看。走回公寓的路上，他們牽著自行車，兩人聊得很開心。一回到家，還可以看到九太跑到陽台上，幫忙收起晒乾的衣服，實在令人莞爾。

九太終於得償夙願，開始和父親一起生活。

我能夠見證這件事發生，在鬆一口氣的同時，內心也充滿大大的滿足。

他現在似乎正忙著準備考試，每天都過得很忙碌。

九太有小楓好好看著，而且九太過世的母親，想必也從遠方照看著他。

「啾！」

不。

說不定她就在九太身邊照看著他……』

『……我們所知道的九太故事，就這麼說完了。

怎麼樣啊？你們幾個聽到了想聽的故事，可滿意嗎？喔喔，太好了，在你們修練的時候，就好好運用在這裡學到的事情吧。

啥？最後還有一個問題想問？

九太是不是不當劍士了？

『的確，九太後來再也不曾握刀。』

『可是啊，在我看來，他是個比誰都強的劍士。』

『沒錯，他是唯一胸中有著「熊徹」這把刀的劍士。』

『憑他的本事，相信不管以後遇到多麼艱辛的事，都一定能夠達成目標。』

『以後他在人類世界會有什麼活躍的表現呢？』

『真是個讓人期待的小子啊。』

……是不是？你們這些傢伙也這麼覺得吧？』

（完）

參考文獻

中島敦〈悟淨出世〉（摘自岩波文庫《山月記・李陵　他九篇》）

※本書第八頁賢人所說的話，即引用自該書。

國家圖書館出版品預行編目資料

怪物的孩子 / 細田守作；邱鍾仁譯. -- 初版. --
臺北市：臺灣角川, 2015.11
面； 公分. --（角川輕.文學）

譯自：バケモノの子
ISBN 978-986-366-834-3(平裝)

861.57 104020864

怪物的孩子

原著名＊バケモノの子

作　　者＊細田守
插　　畫＊山下高明
譯　　者＊邱鍾仁

2015 年 11 月 21 日　初版第 1 刷發行
2020 年 9 月 4 日　初版第 3 刷發行

發 行 人＊岩崎剛人
總 編 輯＊呂慧君
副 主 編＊溫佩蓉
美術設計＊吳佳昫
印　　務＊李明修（主任）、張加恩（主任）、張凱棋

台灣角川

發 行 所＊台灣角川股份有限公司
地　　址＊105 台北市光復北路 11 巷 44 號 5 樓
電　　話＊（02）2747-2433
傳　　真＊（02）2747-2558
網　　址＊http://www.kadokawa.com.tw
劃撥帳戶＊台灣角川股份有限公司
劃撥帳號＊19487412
法律顧問＊有澤法律事務所
製　　版＊尚騰印刷事業有限公司
I S B N＊978-986-366-834-3